これってオンナのたわごと？

鯖江友朗

ブックウェイ

『これってオンナのたわごと?』◎目次

「春雨やものがたりゆく蓑と傘」（与謝蕪村）

「春雨にしっぽり濡るる鶯の羽風に匂う梅ヶ香や　花にたわむれしおらしや　小鳥でさえも一筋にねぐら定める木は一つ」（江戸時代、長崎の端唄）

春の雨は人や鳥までもおっとりさせるようです。

思いを懸けるとは① 恋い慕う。執着する。情をかけるという意味で、懸想すると使われますが、「母御に思いをかけ申す事よもあらじ」（謡曲の鳥追舟）にあるように、② 心配をかける。心配させ

るという意味でも使われます。（大辞林第三版）
どちらの用法でも、望ましいのは双方の思いが通い合うことです。

第三話　徒食 ……………………………… 107

「国境の長いトンネルを抜けると雪国であった」（川端康成の小説『雪国』の冒頭）
小説の主人公島村には妻子がいますが、無為徒食の生活を送っています。彼は親の財産を相続しているからです。彼は一人で雪国へ行き、温泉芸者の駒子に会います。
会うは別れの始めと言います。別れの後はただ食べるだけの生活をするのでしょうか。

第一話　春雨

その昔、女は春を鬻《ひさ》いでいた

――その又昔
藁葺《わらぶ》きの家で女が産声挙げた
七年八年経つうちに
弟二人妹一人次々生まれ
爺婆父母、狭い田畑を
隅から隅まで耕し続けた

物心ついた女は、春夏秋冬
夜明けと共に起き上がり
天秤棒に水桶を下げ
十間程の畔道《あぜみち》通り（注、十間は約二十メートル）
小川の水を汲んでくる
道の幅は二尺程（注、二尺は約六十センチ）
春から秋は雑草を踏み

冬になったら雪を踏む
雨降れば、道のあちこちぬかるんで
それでなくても重い水桶
水汲み済めば、又川へ
下帯やおむつを洗い
竹竿に干し終ったら学校へ行く

ひと時の手習いが済み
目の端に子らの戯《たわむ》れちらり見て
寄り道もせず家路を急ぐ

昼からは油菜、独活《うど》に牛蒡《ごぼう》や瓜と
芋、茄子《なす》、蕪《かぶ》に大根と
折々の菜を運んでは小川で洗う
蔓《つる》で束ねた長い黒髪
前髪掃《はら》えば額に頬に
二つ三つの泥の筋
冬が過ぎ、水温《ぬる》んでも
足には皹《ひび》割れ、手には皸《あかぎれ》

水汲みを尚三度済ませたら
子守をしつつ、日が暮れる
粗末な夕餉を囲んだ後は
筵《むしろ》の上に布団を敷いて
弟妹を宥《なだ》めつつ
一番先に寝息を立てる

——やがて女は十七になった
ある朝男が村に来た
手にした籠に饅頭入れて
女の家も訪れた
撫で付け髪のつるつる顔が
上がり框《かまち》に腰掛けた
土間から上がった父が声掛け
奥から母と出て来た女
単衣《ひとえ》の膝を合わせて座り
母と一緒に頭を下げる
じろじろと眺めた男は徐《おもむろ》に

書き付けを出し、その側に
手垢のついた紙幣を並べ
「約定のものだ」と言って押し出せば
固唾を呑んで父が数える
続いて手に取る契約証書と承諾書
細かく書いた支度の品々
借り受け金の弁済とあり
女は娼妓出稼ぎで
何某《なにがし》宅で三年の
奉公すると書いてある
日付、姓名、捺印の
箇所のみ大きく空いている

「娘《じょう》ちゃんは大きくなったな
これからは水汲み、洗濯、子守りはないぞ
白いご飯を食べられる
綺麗な小袖も着られるぞ」
笑顔で言って、立ち上がり
手を引き寄せて、口を開けさす

歯並びを見て頷いて
襟元広げ、覗いたり
立たせて裾を開いたり
そこここ見ては合点の様子
女はきっと口元結び
恨めしそうに母を見る
眉根を寄せた母の目光り
父は横向き、お札を握る
婆は板戸の側に立ち
爺は土間の隅に立ち
への字の口で見守れば
弟や妹は訳が分からず
母の後ろでもじもじと
ただ籠の中を見るだけ
「こりゃ酷だな」と男が笑い
白湯《さゆ》を啜《すす》って、籠を引き寄せ
饅頭三つ取り出せば
二本、三本手が伸びる

腰を上げた男が言った
「三年経てば自由の身
待てば海路の日和あり」
母が畳に手を突けば
父は筆取り、何やら書いた
「宜しく」と一声掛けて奥へ行く
弟や妹が何を言っても
女は寂しい笑みを見せ
土間に降りて、草鞋《わらじ》を履いた
爺婆母が合掌し
手を引かれつつ、去っていく

その日娘子《むすめご》四人を集め
男は村を出ていった

——三年、五年と歳月《とき》流れ
女は弟や妹を忘れず
時に十円、五十円

郵便局で為替を送る

女は苦界にいるけれど
籠の鳥程泣きもせず
女の性《さが》で身を曝《さら》し
男の性《さが》に身を任す
枕を交わす男いろいろ
お足を渋る男の顔に
世過ぎの辛さを垣間見て
笑みを浮かべる男の顔に
ひと時安らぐこともある
寝顔に憎さ感じたり
赤子のような愛《いと》しさ見たり
出征の前夜に交わした盃《さかずき》で
復員の美酒を手に手に寛《くつろ》ぎもした
人伝《ひとづて》に聞いた戦死の寂しさで
独酌の杯を掲げて飲みもした
出会いにも喜怒哀楽の定めあり

身過ぎ世過ぎの合間には
街へ出掛けて人並みに
迷い箸にも慣れたる身
あれやこれやと食べながら
映画を観たり服を買ったり
世の駆け引きを斜《はす》に見て
秘めた思いで続けた貯金

――この女、三十路《みそじ》に近くなった時
潮時悟り勤めを辞めた
海を渡って飯屋《めしや》を開く
思う男に巡り会い
やっと娘を一人産む
黒髪と紅葉のような手や足を
撫でて握って慈《いつく》しむ
娘がむずかり泣き出せば
我に戻って宥《なだ》めつつ
籠の鳥にはさせないと

夫と共に固く誓った

店の切り盛り一筋で
女の家計は楽になり
日々和やかに明け暮れた

——関守の声もないまま歳月《とき》流れ
しとしとと降る春雨の昼下がり
客足途絶え、お茶を入れ
女は夫と飲んでいた
そこへガタンと戸が開いて
入った娘が仁王立ち
「お帰り」の声に応えず、傘を投げ
刃《やいば》の視線を女に向けた
「母様はここに住むまで
何の暮らしで身を立てた
どうして私を産んだのか」
「まあ座れよ」と眉根を寄せた父を遮《さえぎ》り

「恥知らず」と顔を顰《しか》めて罵《ののし》った
見張った眼《まなこ》に影が差し、
女は大きくひと息吐いた
「学校なんか行くもんか」
叫んだ娘は奥へと走る
素早く娘の細腕摑《つか》み
「待て、待て、お前は子供故《ゆえ》
母様の胸の閊《つか》えを知るものか」
妻を労《いた》わり、夫が睨《にら》む
娘もきっと睨《ね》め付ける
「みんな、みんなが知っている」
娘はすでに涙声
「まだ聞き分けができないか」
夫は俄《にわ》かに気色ばみ
さっと動いて手を挙げかけた
「待っておくれ」と女が止めた
徐《おもむろ》に立った女は玄関へ行き
暖簾を外し、鍵まで掛けた
娘を誘《いざな》い、座敷へ入る

夫も妻に従った

顔を背《そむ》けた娘を見れば
女には産着の頃の想いが募る
隠せない時期が来るのは承知の上と
我が身に纏《まつ》わる昔日を
苦《にが》い笑いで思い出し
夫の気持ちも忖度しつつ
これまでの封を切って口を開いた

「私が生まれた藁葺《わらぶき》の家
その家に田畑はあっても狭過ぎて
売りに行く程収穫はなく
日照り、孟夏や長雨もあり、
爺様婆様、父様母様
あちこちに頭下げつつ働けど
八人家族の生活は
何とか食べていけるだけ
弟や妹が育つには

仕方がないと諦めて
売られた先が色の街
つらくても親を恨まず、身の程を知り
昼夜と働き続けて十数年
もらったお足で借金返し
海を渡ってこの店を持ち
そこで出会った父様よ
お前の悔しさ、恥ずかしさ
堪忍しろとは言わないが
父様の側は離れず、店は続ける
お前を放すこともない」
女は立って、帯を解く
着物に手に掛け、脱ぎ出した
娘驚き、後すさる
終《つい》にはすべて脱ぎ捨てた
「見ておくれ、この体
お前の体と同じだよ
ただ違うのはお腹の一筋
これこそお前を産んだ証拠

前の世も今の世も
女子《おなご》は嬲《なぶ》られ、利用され
肌と引き換えお足を得ても
女子《おなご》に罪はないはずだ
その女子《おなご》こそ幸せを
何があっても望むもの
女の性《さが》を曝《さら》したが
歯を食い縛り、色街を出た
だからこそ、今ここにいる
お前は我の子、父様の子
切られるものか、この縁《えにし》」
娘は畳に崩れ落ち
顔を袖に埋めたまま
言葉にならない声で泣く
夫頷き、膝を進めて
娘の肩を引き寄せる
「俺が言うのもおかしいが
まあ一つだけ聞いてくれ
仏は俺に教えてくれた

受け難い人身《にんじん》を得るのだと
そして出会った母様と俺
深い縁《えにし》があったからこそ
得た宝子が誇らしい
ここにお前がいなければ
今の世過ぎに何があろうか
お前のつらさは我らのつらさ
時告げ鳥の到来は
今日か明日かと覚悟の上
お前の涙の又その上に
苦労があるのも世の常よ
身の丈《たけ》に合う暮らしのみ心掛け
母様とできるだけのことはする
お前の心が安らげば、そのうちに
お前の子らにも幸せは来る」

静かになった部屋の中
娘ゆっくり顔を上げ
涙を拭い、一度頷く

そうか、と夫も頷いた
女は着物を取り上げて
帯を結んで側に座った
そしてひと言呟《つぶや》いた
「父様の子が欲しかったんだ」

——人の口、戸は立てられずとも
娘心が癒え難くとも
店の暖簾を掛け続ければ
昇る陽も沈む陽も、朝な夕な
中の親子を忘れるものかは

第一話　完

第二話　懸想

二月初め、まだ春の気配はない。冷たい風を受けながら大通りを歩いてきた私は、アーケードがある商店街に入った。ファミリー・レストランへはこの通りを抜けなければならない。

午前九時半を過ぎたばかりなので、長く伸びる通路にまだ買い物客はいない。トラックが入り、品物を運んでいる。数軒ある八百屋や魚屋の前には同じようなダンボールや発泡スチロールの箱が積まれ、店の人が忙しく品物を搬入している。肉屋では店頭に置く冷凍庫が引き出されてきた。今日の特売品を書いた紙を店頭に貼り出している。オーストラリア産ステーキが百グラム〇〇〇円、国産豚肉が三枚で〇〇〇円と書いてある。

この商店街には飲食店も多い。しかしシャッターが閉まったままだったり、ガラス越しに見える店内が真っ暗のままだったりで、人の動きはまったくない。商店と異なり、飲食店が開店するのは十一時だ。

通路を歩いていくと、時々漬物を買う店が見えてきた。すでに戸は開いているけれど、カートが出されているだけだ。店頭に出る母親と娘の姿も見えない。

その隣は煙草屋だ。私はこの店で何度か煙草を買ったことがある。以前は年配の女が店先に座っていたけれど、最近はシャッターを下ろしている。この商店街の人たちは商売上手らしく、他に店を閉めているところは一軒もない。煙草屋ではもう生活が成り立たないのかもしれない。

シャッターの真ん中に小さな張り紙がしてある。閉店の知らせではなく求人広告だ。

求人

煙草屋の営業ができる二十歳以上の女性販売員を求む
扱う商品は煙草、葉巻、パイプ及び雑貨
営業は毎週木曜日から火曜日。毎日午前十時に開店、午後六時に閉店。休憩は昼食を含め四十五分間。休日は毎週水曜日。ただし火曜日の午後二時半から六時までは残業扱いとし、祝日営業には祝日手当を支給する。
住み込み可
委細面談（問合せは月曜日から金曜日までの午前十二時半から午後一時まで）
電話：〇四五―＊＊＊―＊＊＊＊（株式会社エス・エー・オプティックス、担当：塩見典明）

私はこの広告に少し興味をそそられた。職場での男女平等が浸透し始めているのに求人の性別を特定しているからだ。もう一つ理由がある。株式会社の運営なら、販売員は社員になるかもしれないと想像したからだ。休みが水曜日だけなのは少し嫌だけれど、毎週三時間半の残業手当と祝日手当は悪くない。しかし給料の記載がない。家賃と食費と光熱費を考えれば、十万円だと相当苦しい生活になるだろうが、十五万円なら何とかなるかもしれない。

私は店舗が入っている建物を見上げた。今までは興味を持たなかったが、煙草屋にしては立派な三階建てだ。三階と二階に窓が一つずつあり、全面をすべて黄土色のタイルで覆っている。見掛けは洒落ている。間口は四メートルくらいある。店先の記憶しかないけれど、それ程住居が広いようには見えない。

住み込みの文言に少し興味が湧いたが、私はファミレスへ向かった。近頃は気分が塞いだままなので、少し豪華な食事をしたい。


九日後、学校から戻ると、郵便受けに封書が三通届いている。ドキドキして封筒を開けたが、すべて不採用の通知だ。私は即座に封筒と中身をごみ箱に投げ込み、ベッドに横になった。

十月の声を聞いた時、私は一旦就職活動を諦めた。それでも十一月には就職支援サイトに名前を登録し、履歴書を送り続けた。しかし朗報は来なかった。

もう二月に入っているので、いよいよ切羽詰まっている。両親には何とか仕事を見つけるから実家に戻って来い、と言われている。でも人口が十二万人弱の町は余りにも静かだ。洋服や小物などを売っているブティックらしい店はあっても、若い子が集まる場所はない。それに繁華街自体、気が滅入る程小さい。四年間の大学生活で私はもう都会の雰囲気に慣れている。しかし、今月中に結果を出さないと、実家に帰らざるを得なくなる。どうしても就職するなら、パートの仕事しか残っていないが、パートなら、父はワンルーム・マンションの家賃を払わないと言うに違いない。

六十四社に履歴書を送り、書類選考で落とされたのが四十三社、採用試験に落ちたのが十九社、何の連絡もなかったのが二社、今日受け取った三社からの通知が最後の頼みの綱だった。

私はどうも面接が苦手だ。面接の想定問答集を暗記するくらい読み込んで準備していても、現場ではいつもしどろもどろになり、聞かれたことに対して、適切に答えることができない。

私は投げ遣りな気分になり、飲んで騒ぎたくなった。でもすでに内定を決めている友だちと会えば、自分が惨めになる。私は煙草を吸いたくなり、ハンドバッグに手を伸ばした。箱はあったが中身は空だ。買いに出ようと思った時、煙草屋の求人のことを思い出した。

私は机に座り、パソコンを立ち上げた。最近の会社はホームページを持っている。社名をインターネットで、エス・？・・オプトクスと打ち込んだ。画面には何も出てこない。元々社名を覚えようとしなかったからだ。まだ着替えをしていなかったので、私はハンドバッグを持って家を出た。外はもう暗くなっている。小走りで商店街へ向かった。

息を弾ませながら商店街に入ると、通路は夕方の買い物で混雑している。人をかき分けつつ進むので真っ直ぐ歩くことができない。煙草屋の前まで来ると、シャッターは降りたままで張り紙はまだある。

私は会社の名前と電話番号と担当者の名前を手帳に書き付けた。問い合わせの時間帯は平日のお昼なので、今できることは何もない。もう一軒の煙草屋で煙草を買い、弁当を買って帰宅することにした。

食事をしながらインターネットで株式会社エス・エー・オプティックスを検索した。上品な配色で簡単な組織図まで挿入している立派なものだ。しかも英語版のホームページまである。

同社の創業は昭和二十三年。資本金は二億三千万円。創業当時は自動車部品の製造をしていたが、昭和四十五年から光学装置の開発などに取り組み、その後社名を二度変えている。同社の製品はアジアへも輸出されている。本社はここ神奈川県横浜市にあり、県内の川崎市に工場が、千葉県木更津市に事業所がある。正社員は九十八人。

この会社が毎年採用する社員は電気や光学の技術者のようだ。従って経理などを除けば、事務系の仕事は三十人程の契約社員などで賄っている。

私は社長の名前を見て驚いた。面接するのは三代目の現社長、塩見典明本人だ。小さい会社でも、人事担当は総務だ。ちょっと首を傾げるけれど、創業者も先代も塩見姓なので会社は同族経営に違いない。そういう体質ならばすべてを社長が決済しても不思議ではない。〝社長の挨拶〟をクリックすると、本人の写真がある。ビジネスマンらしい髪はやや長く、七三に分けている。鼻髭も顎髭もなく、眼鏡を掛けてはいない。笑顔に精悍な印象がある。

いまだに煙草屋を営業しているのは、当初の店名が塩見商店だったからかもしれない。親族の誰かに任せてきたのだろう。私があの求人広告を見たのは偶然ではなく、何か因縁があるような気がする。社長自らが面接してくれるなら、当たって砕けろ、という意欲が出てきた。

私は立ち上がり、クロゼットを開けた。就職活動用の紺のスーツを出し、汚れがないかどうかを調べた。大丈夫だ。秋口に買った冬のトレンチコートも綺麗なままだ。次に整理ダンスからブラウスを出した。失敗を重ねてはいるけれど、三枚のブラウスだけは毎回クリーニングに出している。その下の引き出しにはストッキングを入れている。中には肌色の新品が一束ある。頷きながら、無造作に壁に掛けていた黒のビジネスバッグを手に取った。面接にしか使っていないので、持ち手にも胴にも型崩れはない。本革ではないけれど表面全体が光っている。私はタオル・ハンカチで埃を拭きとった。ついでに玄関へ行き、靴を出した。少し泥が付いているし、右足の先に小さな引っ掻き傷がある。私は布切れと靴クリームで磨き、傷を隠した。踵《かかと》がすり減っているけれど、上から見る限りは気にならない。他に必要なものと言えば、白いハンカチくらいだ。綺麗なハンカチを出し、ビジネスバッグに入れた。これで面接準備は万端だ。私は食卓に戻り、弁当を食べ終わった。

煙草に火を付け、煙を吐き出したら、何だか滑稽に思えてきた。自分が煙草を吸うようになったのは、大学へ入ってからで、友だちの真似をしたからだ。一日に五本くらい吸う。もし面接が上手くいけば、煙草屋に住み込んで生活することになる。その切っ掛けが煙草を切らしたことになるなら、笑える。

少し気分が穏やかになったが、ふと気が付いた。あの求人広告は少なくとも十日近く張り出されている。住み込む必要のない中高年の主婦がすでに申し込みをしているかもしれない。もう販売員は決まっているのに社員が広告を剥がし忘れている可能性もある。急に気持ちが萎えた。

それでも私は明日のお昼に電話を掛けることにした。仮に販売員がすでに決まっているとしても、三十人もいる契約社員などに欠員があるかもしれない。そこに入れれば横浜に残ることができる。

「駄目元、駄目元」

と言いながら、私は弁当の空をプラスチックごみの袋に入れた。

翌日、十二時半、私は電話を掛けた。求人広告にあった通り、塩見社長本人が電話口に出た。秘書が出なかったことは意外だった。もっと驚いたのは社長が翌日の水曜日午後四時に面接をしたいと言ってくれたからだ。私は小躍りした。

水曜日、私は準備していたビジネスバッグを持ち、コートとスーツを着て出掛けた。約束時間の十分前には煙草屋に着いた。シャッターは引き上げられ、ガラス戸に張り紙がしてある。

本日は店を開けていませんが、面接の方は中にお入りください。


これまで注意して見ることがなかったお店の中は明るくいい感じだ。私はコートを脱ぎ、自動ドアから中に入って声を掛けた。

塩見が出て来た。

「昨日電話をさせていただいた土方美園です」

「どうぞお座りください」

「宜しくお願いします」

一礼した私は履歴書を彼に渡し、手前の椅子に腰掛けた。

「お客さんが来られると面接の邪魔になりますので、ドアに鍵を掛けさせていただきますが、構いませんか？」

「ええ」

戻ってきた彼は奥の椅子に座り、履歴書に目を通し始めた。他に社員はいない。

読み終わった塩見が顔を上げた。彼に正面から見つめられると、以前面接をした時のようにドキドキしてくる。その一方、私は彼がホームページに掲載されていた写真より若いと思った。四十八歳の割には体型も精悍だ。穏やかな顔に自信が溢れている。

彼が口を開こうとした瞬間、私は、

「あのう、この仕事には何人の人が応募しているのでしょうか?」

と尋ねた。

「気になりますか?」

「ええ」

「この一カ月で十五人来られましたので、あなたが十六人目になります」

「そんなに多いのですか。私は駄目ですね」

「ずいぶんと弱気ですね」

「もう六十七社に履歴書を送りましたが、失敗しています」

穏やかな顔をしていた彼が笑みを浮かべる。

「今は就職するのが難しいですからね。でも面接が始まった途端そこまで言う必要はないでしょう」

「これまで先輩から就職難についていろいろと聞いていましたが、自分なら何とかなると考えていました。でも失敗続きなので自信を持てないのです」

「ではなぜこちらへ応募されたのですか?」

「こう言うと失礼になりますが、特に資格や経験がなくても煙草の販売はできると思ったからです」

「面接ではそういう言い方をしてはいけません」

「済みません。私はつい思い付きをそのまま口にしてしまいます。だから採用されなかったと思います」

塩見が頷いた。

「応募された殆どの人は、いくらかでも生活の足しにしたいということを強調されていました。その方が無難です」

「私の場合、もう切羽詰まっていますから、生活の足しにするとかではありません。この仕事をいただければ、それが生活の柱になります」

「ご出身は○○市ですね。ご実家に戻るという選択肢はないのですか？」

「小さい町ですが、両親は何とか仕事を見つけるから帰って来いと言っています。でも私はこちらに残りたいのです。こちらのざわざわとした雰囲気が、いえ、活気のある雰囲気が好きですから」

「それなら面接では自分を売り込むような応対をしなければ良い結果には繋がりません」

「そこが私の欠点なのです。それに加え、あることないことを堂々とひけらかすのは何だか自分を誤魔化しているような気がして嫌なのです」

「土方さんは正直な人なんですね。現実の世の中は正直だけが通用するわけではありません。駆け引きも必要です。煙草屋の仕事は単純ですが、お客さんを相手にしているので愛想を良くすることも大切です。試供品などを上手く使いこなせば、顧客を固定させることもできます。単なる売り買いではなく、お客さんとはきちんと誠実に接しなければなりません。土方さんは他人と話をするのが苦手ですか？」

「自分では引っ込み思案な性格だとは思っていません。でも口下手だと思います」

「その返答も駄目ですね。ご自分のことが分かっていても、接客には自信があります、高校時代までは隣近所の人たちにも自分から声を掛け、みんなからも声を掛けられていましたし、大学でも沢山友だちを作りました、と答えるべきです。たとえそれが事実と異なっていたとしても、です」

　私は一旦塩見を見た後、紺のスカートに目を落とした。

「ご実家で結婚の話は出ていないのですか？」

「いえ」

「大学を出たら次は結婚という方向もあるでしょう」

「まだ両親からは何も言われていません。こちらでも今付き合っている人はいませんし」

「せっかくですから職務内容の説明書を読まれますか?」

「本当ですか?」

「私はちょっと二階に上がってきますので、読んでいてください」

「ひょっとして私にもまだ可能性があるという意味でしょうか?」

私は立ち上がっている塩見を真剣に見つめた。

「先走りしないでください。この仕事の説明は終わっていません。先ず内容をよく理解してください」

彼は奥の扉から出て行った。彼の話を聞かず、妙な質問をし、しかも面接時の受け答えの要領まで何度も指摘された。今になり、顔がほてってきた。これでは受かるものも受からないが、せっかく来たので、私は説明書を読み始めた。

雇用契約の概要及び煙草屋販売員の職務内容

(詳細については雇用契約書に記載された通りとする)

一、試用期間

一の一、試用期間は採用後滞りなく六カ月を終了するまでとし、四カ月目を終了する時点で正式採用の可否を決定する。正式採用が決まれば、採用時に遡って当社の社員の地位を獲得する。

一の二、試用期間中及び正式採用後に辞職を希望する場合は、辞職の日より一カ月前に会社へ通知する。

二、給与等

二の一、初年度の基本給は一カ月十万円とし、給与は毎月二十日に銀行口座に振り込まれる。

二の二、定期昇給は年一回とし、会社の規定による。

二の三、賞与は年二回とし、六月の賞与は基本給額と同額とし、十二月の賞与は基本給額の一・五倍とする。賞与は定期昇給に連動して増額される。ただし試用期間中、及び採用後一年を経過するまでは……。

二の四、所得税及び住民税は……。

二の五、厚生年金、健康保険料、雇用保険料は……。

三、勤務時間及び休日

三の一、勤務時間は毎週水曜日を除き、毎日午前十時から午後六時までとし、昼の休憩時間は午後一時から四十五分間とする。

三の二、毎週火曜日については、終業時間前の三時間半を残業扱いとする。

三の三、休日は毎週水曜日とする。年末年始の休みを十二月二十九日から一月三日まで、盆休みを八月十四日から十六日までとし、その他の国民の休日については平日同様に勤務し、休日手当を支給する。

三の四、年次休暇は年間二十日とし、試用期間満了後から、会社の規定により……。

四、退職及び雇用の継続

四の一、雇用は六十歳の誕生日を迎えた時点で終了する。ただし嘱託として六十五歳の誕生日まで雇用を延長することができる。継続雇用後の給与は退職時基本給の……。

四の二、退職金は会社の規定により算定され……。

五、煙草屋の運営

五の一、煙草類や雑貨の仕入れ、販売、保管を管理し、店頭に設置した煙草の自動販売機も管理する。飲み物の自動販売機については業者が管理する。売上帳簿を付け、毎週木曜日の午前十時までに、一週間分の売上金を銀行に入金する。日々の売上金については、店内設置の金庫に保管する。

五の二、商品の破損などについては経理担当者に遅滞なく通報する。販売員に責任がある場合は、商品相当額を賠償する。

六、住み込み用住居の提供

六の一、住居には三階建ての建物の二階部分（ＬＤＫ、洗面所、バス・トイレ）及び三階部分（一部屋）の全部を充てる。

六の二、家賃は会社負担とし、調度品などの損害については、不可抗力の場合を除き、原則自己負担とする。

六の三、住居においての喫煙は認められる。

六の四、住居及び煙草屋の電気代及び水道代は上限を五万円として会社が負担し、上限を超える支出は自己負担とする。上限の額については三年ごとに会社が見直す。

六の五、固定電話料金は五千円を上限とし、会社が負担する。上限の額については三年ごとに会社が見直す。

六の六、住居部分でのインターネット接続による使用料は自己負担とする。

七、その他

「どうですか？」

説明書を何度も読み返していた私は、塩見が戻ってきたのに気が付かなかった。

「とても良い条件です。一旦店を開けると、途中でトイレなどを使用する時、商品を安全に保管できないような気がしますが、その他の点については採用される人が羨ましいと思います」

「昼食休憩中は時間を指定する札を出し、自動ドアに鍵を掛けておきます。トイレの場合も自動ドアに鍵を掛け、〝直ぐ戻ります〟の張り紙を出してください」

「分かりました」

「他に何か質問がありますか？」

「奥の天井にエアコンがありますが、夏冬には店舗内で冷暖房を常時使用するのでしょうか？」

「夏も冬も二十四度くらいに設定しますが、営業中は自動ドアを開けたままにします。だから夏も冬も快適だとは言えません」

「それでも光熱費などを五万円以下に抑えることができるのでしょうか？」

「店を開けているのは休憩時間を入れても八時間です。後は実際に住み込まれれば分かるでしょう。住居部分での使用量が増え過ぎれば、ある程度の工夫が必要になるかもしれません」

「分かりました」

「他に何か聞きたいことがありますか？」

「いえ、特にありません。ありがとうございました」

面接が終わったと思い、私は腰を上げかけた。

「住居部分は見なくてもいいですか？」

「見せていただけるのですか？」

「勿論です」

ひょっとしたらと思い、私の頬が緩んだ。

「どうぞ」

塩見が先に立って奥へ行く。後ろから見ても背中ががっちりしている。若い頃は体育会系だったのかもしれない。背は百七十五センチくらいだ。


二階に上がった私は、目を見張った。今風のお店が内部を小奇麗にしているのは当然だとしても、住居については、時代掛かった暗い畳敷きの部屋を想像していた。台所にあるとしたら、一口だけのガスコンロ、窓際で真っ黒になっている換気扇、使い古した食卓と椅子などだ。

ところが室内は明るく、清潔感がある。台所にはＩＨの調理器や電子レンジが備えてある。食器棚や食卓や冷蔵庫も綺麗で、ソファーと低いテーブルもあり、天井と壁は薄い緑色で統一している。エアコンも付いている。洗面所を覗くと、ホテルのユニットバスルームと同じ造りだが、洗面台では髪を洗うことができる。洗濯機も置いてあり、壁に湿度調節器が付いているので、雨の日には洗濯物を内部に干すことができるようだ。

三階でも私は息を呑んだ。和室には真新しそうな畳が敷いてある。商店街の通りに面した窓があるため壁際から押入れと洋服箪笥が並び、その横に小振りの液晶テレビが置いてある。押入れを開けると、買ったままビニール袋に入ったベッド用の寝具が揃えてある。洋室には小さいとは言え机があり、ベッドとクロゼットが備えてある。窓際の壁には大きな姿見が取り付けてあり、壁とカーテンと調度品なども二階と同じように色調が統一されている。南側には二階と同じ狭いベランダがあり、プランターには水仙が植えてある。花が二つ咲いている。非常用梯子も設置されている。エアコンは各部屋に付いている。

私は内装などに目を奪われたまま一階に降りた。階段側にある履物入れは大きく、ブーツなどを並べる場所もある。そして住居用の玄関とも言うべき仕切りがあり、鍵が掛けられる。

私が再度椅子に座ると、

「住み込みでの雇用を希望されますか?」

塩見がにこやかな顔で聞いた。

「はい、でも……」

「何ですか?」

「もう誰にするかを決めておられるのでしょうね。残念です」

「決定するのは私で、まだ結論を下してはいません」

「私にも可能性が残されているのですか?」

「はい、あなたが望むなら、という条件付きですが」

「他に何か条件があるということなのでしょうか。ひょっとして男性を住居に入れてはいけないとか?」

「若い女性に男性と付き合うなとは言えません。ご自分で責任を持たれるなら問題はありません。ただし、妙な男性が出入りして、店の評判を損なうことがあってはなりません」

「それは分かります。他には何か?」

「実はもう一つ説明書があります。それを読んでいただけますか?」

塩見は真っ直ぐ私を見ている。その視線に不自然さはないけれど、やや試しているような感じがする。

「では本当に読んでみますか？」

彼は念を押した。基本給が安いので手取りは七万円に届くかどうかだろうが、住み込み条件を考慮すると生活はできる。ひょっとしたら、会社を受取人とする生命保険に加入させられるのかとも考えたが、そんなことを気にしてはいられない。

「読ませてください」

塩見は別の封筒を私に手渡した。

私は中にあった一枚の文書を読み始めた。数行読んだだけで、私は目を見開くと同時に、全身の血が逆流するのを覚えた。

定期交流契約書

第一条、本契約書においては、塩見典明を甲とし、土方美園を乙とする。

第一条の一、甲及び乙は、本契約の締結に際し、甲が指定する病院で、血液検査を含む健康診断を受ける。

第一条の二、検査結果に異状がないことを甲乙双方が確認した日に、甲及び乙は双方合意の上、以下の契約を締結し、履行する。

第二条、乙は一カ月に三度を限度とし、双方合意に基づいて定められた日の夕方から甲と共に出掛け、甲が指定するホテルの一室で会合する。

第三条、乙は四半期に一度を限度とし、双方合意に基づいて定められた日の夕方から甲と共に出掛け、甲が指定するレストランなどで会食する。

第四条、甲は乙に対し、第二条の協力金として毎月第三回目の会合が終了した時点で、現金十五万円を直接手渡す。第三条の協力金については、会食終了時点で、現金一万円を直接手渡す。

第五条、甲及び乙は、毎年、八月及び二月に、第一条の一の病院で血液検査を含む健康診断を実施し、検査結果を会合時に交換して見せる。甲又は乙、或いは甲乙双方の検査結果に異状があり、本契約の維持が困難となる場合、本契約は当該会合時を含む月の月末に解除される。ただしその異状の原因が甲に帰され、且つ乙に異常が生じている場合、甲は乙の健康回復を経済的に援助し、且つ乙に慰謝料として毎月の協力金の五十倍となる金額を乙に現金で手渡し、本契約を解除する。乙に原因がある場合、乙は甲の会社の社員としての地位を失うと同時に、本契約は解除される。

第六条、毎月の協力金の増額については、五年を経過するごとに、甲は乙が甲の会社の社員として受け取る定期昇給分の二倍となる金額を、四半期毎の協力金については、同じく定期昇給分と同額を第四条の金額に上乗せする。

第七条、甲が、第二条及び第三条の日時を調整するために乙に連絡する場合、煙草屋に備え付けられた電話のみを利用する。

第七条の一、第二条の会合と第三条の会食を除き、甲及び乙は甲の会社内での公用以外、一切接触しない。

第七条の二、第二条及び第三条で調整された日時に、甲又は乙に緊急事態が発生し、交流ができなくなった場合、甲及び乙は待ち合わせの場所で二十分の経過後に、交流が中止されたと見做す。

第七条の三、前項の交流中止が不可抗力によるものではなく甲の責めに帰する場合、協力金は減額されないが、乙の責めに帰す場合、第二条の協力金はその都度三分の一が減額される。第三条の協力金は支払われない。

第八条、本契約は乙が甲の営む会社社員としての地位を継続する限り、効力を持つ。

第九条、甲及び乙は本契約を解除することができる。ただし以下の条件が付される。

第九条の一、甲に合理的な事由があり、乙がその事由を正当な事由と判断すれば、甲は乙に申し出ることにより本契約を解除することができる。解除の効力が発生する日は、甲及び乙の合意によって定める。ただし乙は甲の会社社員としての地位を保持する。

第九条の二、乙は甲に申し出ることにより、本契約を解除することができる。解除の効力は申し出の日を含む月の月末に発生する。ただし本契約を解除する場合、乙は同時に甲の会社へ辞職願を提出しなければならない。

第十条、本契約を解除する場合、第五条の規定を例外とし、甲及び乙はお互いに損害賠償及び慰謝料の請求をしない。裁判所等を含む第三者による調停なども求めない。

第十一条、本契約書は正本二通を作成し、甲及び乙がそれぞれ一通を保管する。

住所
生年月日
氏名　印

住所
生年月日
氏名　印

平成〇〇年〇〇月〇〇日

私は耳が熱くなっているのを感じつつ、契約書の第二条から第四条までを目に焼き付けていた。塩見が私に何を求めているのかはハッキリ理解している。顔を上げたら、彼と目が合った。彼の表情に変化はない。視線に穏やかさと真面目さがあるような気がする。と同時に、この面接が現実なのだろうかと疑った。私はソープランドへ身売りに来たのではない。

「どうでしょう？」

「塩見さんは本気でこんな契約を結ぼうとされているのですか？」

「はい。本気です」

「こんなこと信じられません！」

「僕はあなたの青春を奪おうとしているのではありません。あなたが応じてくださるなら、最小限のお付き合いをしていただきたいだけです。契約上の義務や責任は書いてある通りに履行しますし果たします」

「そう言われても、社長としてのお立場からあれこれと指図をされれば、社員としては従わなければなりません」

「業務については社則などを遵守していただきます。しかしこの契約はあなたと僕が別途結ぶものです。飽くまでも私的なものですから、僕が公私混同することはありません」

「それ以上の制約は本当に何もないのですか？」

「念のために言いますが、第二条の一カ月に三度と第三条の四半期に一度という回数が増えることはありません。一回の出会いにはいくらか時間を割いていただきますが、会合が深夜にまで及ぶことは決してありません。会合と会食以外に僕があなたと接触することもありません」

「塩見さんは社長としてお忙しいと思います。そうするとこの契約による拘束時間は、私の勤務時間外や休日を対象としていることになると思いますが、これに間違いはないですか？」

「その通りですが、あなたの休日となっている水曜を利用するつもりはありません」

「私には他の男性と付き合うことや結婚する自由もあるのですか？」

「勿論です」

私は絶句した。男と付き合うことに問題はないにしても、私が結婚してからも彼との関係を続ければ不倫になる。彼も結婚しているだろうから、ダブル不倫をすることになる。そしてこの不倫関係は私が社員である限り続く。頭の中が混乱し始めてきた。

「日時を設定する場合、私にも交渉の余地があるのですね？」

「日時をあなたに押し付けはしません。話し合いで決めます」

私はこの契約を現実的に考えてみた。平均すれば十日に一度の会合となり、長くても二時間前後で私は解放される。解放とは偶然思い付いた言葉だが、事実上そうなると思う。精神的な負担はさておいても、全体として見れば時間的な制約はわずかのような気もする。

「土方さん」

「はい」

「今この場であなたに返事をもらうつもりはありません。非常に大切なことなので、熟考した上で来週水曜日のお昼に再度ここへ来ていただけますか？　その時あなたの結論を聞かせてください」

「塩見さん。この契約書を私が週刊誌などに持ち込めば、醜聞として相当面白おかしく書かれることになります。そうするとあなたにとっても会社にとっても大きな不利益になるのではありませんか？」

「それは土方さんの自由です。僕は一所懸命に仕事をしています。このことで会社と僕の評判を落とすとしても、僕にはそれなりの覚悟があります。絶対に立ち直ってみせます」

「塩見さんは結婚しておられるのですか？」

「いえ、今は独身です。離婚を一度経験しています。子供はいません」

「そうですか……」

私にとっても塩見にとっても、この契約は不倫にはならない。しかし週刊誌などが必ず取り上げる話題にはなる。彼はこの契約を暴露されても、本当に言い逃れができると考えているのだろうか。あの目を見る限り、彼が醜聞を恐れているような雰囲気はない。なぜか分からないけれど、彼と比べ、自分が取るに足らない存在のように思われてきた。仮にこの契約を公にすれば、自分にも好奇の目を向けられる。このことが両親の耳に入れば、私は行き場所を失う。私は大きなため息を吐いた。

「土方さん」

「はい」

「他に質問がありますか？」

「返事は来週しますが、今、私の頭は混乱しています。もう少しここで時間をください。ここでお聞きしたいことがあると思うのです」

「構いません。何か飲み物をお持ちしましょうか？」

「いえ、結構です」

私は必死に考えようとした。結婚の文字が再度頭に浮かんだ。

「塩見さんは子供を望まれているのですか?」

「自分の血筋を残したいと考えてはいません。だから子供を産んでもらう必要もありません」

「では再婚するお気持ちもないのですか?」

「ありません」

「それはつまり私も結婚相手にはならないということですね」

「その通りです」

「もう一つ聞かせてください。塩見さん以外にこの契約のことを知る人はいるのですか?」

「誰にも知らせませんし、知らせる必要もありません」

「この契約書は私が持ち帰ってもいいのですか?」

「勿論です。覚悟があって準備したものですから。ただしあなたがどう決断されるとしても、来週の水曜日には必ずそれを持ってきてもらいます」

「写しを取っても良いのですか?」

「構いません。今必要なら店にある複写機を利用してください」

「いえ、今は結構です。さっき十五人の応募者がいると言われましたが、みなさんにこの契約書を見せられたのですか?」

「正直に言います。僕にも好き嫌いがあります。年齢や境遇などを考慮した上で判断しています」

「最後にもう一つ聞かせてください」

「はい」

「塩見さんには変な趣味があるのですか?」

「もしそれがいわゆるＳＭとか女装とかに関連しているのであれば、これまでも今もまったく興味がないとお答えできます」

「分かりました。それでは検討させていただきます」

「宜しくお願いします」

私は契約書と雇用説明書とをバッグに入れて立ち上がった。コートを手に取った時、足元がふらついたが、彼に一礼して煙草屋を出た。塩見に自分の背を見せるのも恥ずかしかった。


突然常識では考えられない面接を受けた私は、小走りでマンションに戻った。夕食の買い出しで混雑している商店街を抜けるまで、何度か人とぶつかり、「おい！」とか「ちょっと！」とかきつい声を掛けられた。わずか一枚の紙切れが畳のように重かった。

私はバッグから契約書を出し、手に持ったままベッドに横たわった。

塩見の顔が目に浮かぶ。まともなビジネスマンの顔だ。

この契約書の内容を理解した時、私は直ぐに席を立つべきだった。実際、一瞬そう考えたような記憶がないではない。彼に反発しつつも、現実には次から次へと質問をし、説明を最後まで聞いた。再度顔が赤くなってくる。〝貧すれば鈍す〟という言葉が耳に響く。

自分の体を値踏みされたこと自体も恥ずかしい。あれは自分を商品として売り買いする契約だ。徐々に身を持ち崩すのではなく、自分の名前を書き込み、印鑑を押した時点で身を汚す。しかも今回判断するのは、塩見ではなく、私だ。

最初私は塩見がこれまで応募した会社の面接担当者と同じだと思った。面接とは好ましくない人物をふるい落とすための一つの手段なので、質問には罠が仕掛けられている。こう答えれば○と、ああ答えれば×と評価される。今振り返ってみると、彼は質問を用意していたけれど、あくまでも私に彼を評価させようとしていた。野卑な目付きや素振りも見せず、澱《よど》みなく返答した。今まで付き合ってきた男たちや偶然隣り合わせた男たちが、自分の体を嘗め回すように見たことがある。それはそれで私の自尊心を傷付けたり、擽《くすぐ》ったりもした。少なくともあの場の彼は、私との距離を充分置いた上で、過不足なく説明していた。あの真摯な姿勢に何か感じるものはあった。

両親の言葉に従っていれば、私は卒業式まで面白おかしく過ごすことができる。就職する同級生を羨ましく思っても、実家に帰れば彼女たちとの接触は途絶える。しかも何のために四年間も勉強したのかなどと深く考える必要はない。みんなと同じように大学生活を送っただけだと自分で納得することもできる。

私は突然水を飲みたくなった。緊張が続いたことで喉が渇いている。

ベッドから起き上がったら、あの契約書が手からフワリと床に落ちた。

その紙を睨《にら》んだら、逆にその紙が、

「他に選択の余地はないわよ」

と言った。たしかに横浜は去りがたい。ここの生活に刺激があるからだ。人の多さに比べて人との接触が稀薄でも、あの賑やかさは捨てがたい。気が向いたら、いつでもどこへでも出掛けられる。都会も田舎もある意味で閉鎖的なのは実感として理解できるが、自由な雰囲気は都会が勝っている。故郷にいれば広い空間を味わうことができるけれど、周囲の目を気にするので行動の制約が多いとも思う。もしここに残るなら、協力金があるので、これからの生活は保障される。

その紙がもう一度囁いた。

「土方美園は二十二歳。身長は百六十五センチ、体重は五十五キロ。胸はＣカップ、ウエストは六十三センチ、ヒップは八十八センチ」

でも塩見には相手となるオンナが土方美園でなければならないという判断はない。あの契約書にはオンナなら誰でもいいと書いている。

私はあの紙を破ろうと思った。グシャグシャにして煙草屋へ郵送すれば、彼の顔を二度と見ることはない。意を決し、ベッドから契約書に手を伸ばした時、私は、ドサッと床に転がった。再度立ち上がろうとしたら、ストッキングで滑って又転んだ。

私はそのまましばらく天井を眺めた。入居した時は綺麗な肌色だった天井はややくすんで見える。壁もカーテンもテレビも机もパソコンもどことなくよそよそしく見える。四年間も一緒に寝起きしてきたのに、愛着どころか、自分との距離まで感じる。

一方、煙草屋の二階と三階は自分にとって高級マンションのようだ。壁や床は言うまでもなく、すべての調度品がピカピカ光っている。煙草屋で働くなら、少なくとも社員としての待遇がある。両親には職場の話をすることができる。会社を見たいと言われれば会社を案内し、職場を見たいと言われれば単に煙草屋を見せるだけでなく、二人をそこに泊まらせることさえもできる。

先ずパートの仕事を見つければ、父は仕送りを続けてくれるだろうか。そんなことも思い浮かべていたら、目が潤み、天井が霞んできた。

私は立ち上がり、床に落ちている契約書を手に取った。

一週間後の昼過ぎ、私は塩見に会った。

翌日、彼が指定した病院で私は血液検査を受けた。

次の日の昼、私は検査結果を持ち、再度煙草屋へ行った。彼は私と会った日の午後血液検査を受けていた。双方で検査結果を確認し、私は彼と契約書を交わした。

三日後、私は彼の会社へ行き、総務課で就職手続きを済ませた。新入社員としての出社は、三月一日。

気分は晴れやかではないけれど、私は母に電話をし、就職することと、今住んでいるワンルーム・マンションから煙草屋へ引っ越すことを伝えた。母は、「煙草屋なの？」と驚いていた。両親に心配させたくないので、試用期間が済めば正社員になると言い、会社案内のパンフレットと煙草屋の写真などを入れた手紙を送ることを約束した。私は五月の連休に時間があれば、会社と煙草屋を見に来るようにと付け加え、電話を切った。三月にも連休はあるが、精神的に落ち着いてから両親を迎えたい。塩見は誠実そうに見えるけれど、私は実際の交流をまだ経験していない

三月一日、寝不足のまま目を覚ました私はすでに緊張している。手の指を無理やり動かしながら身支度を整えた。本来なら、紺のスーツを着て家を出る時、身が引き締まる思いをしているに違いない。しかし契約という現実に今日から直面する。明日早速電話が掛かってくるとは思えないけれど、すでに重い扉は開かれている。

八時、私は新たに自宅となった煙草屋から、塩見の会社に向かった。

総務課で簡単な手続きを済ませた後、私は総務係長に連れられ、経理などを回って挨拶をした。

十時前、私は経理の夏川さんと共に煙草屋に戻った。先ず彼女と一緒に商品の確認をした。続いて彼女が

持ってきたラップトップをＬＡＮケーブルで繋ぎ、商品の仕入れや売上帳簿の付け方について教わった。これで私が入力するデータを彼女に送信することができる。私のワードとエクセルの知識が役立つ。それから彼女が準備してきた釣銭をレジに入れ、レジと金庫の使用法を学んだ。これで一応開店準備は完了した。

私たちは粗品を入れた袋を一つずつ持ち、隣近所への挨拶回りを始めた。アーケード街を端から端まで歩いた後、ファミリー・レストランで遅い昼食を食べた。

午後三時、私たちは店を開けた。

夏川さんはその後二日間、午後一時から二時半まで煙草屋に来てくれた。昼食を共にした後、初日に挨拶ができなかった残りの店をすべて回り終えた。このアーケード街にはもう一軒煙草屋があるが、そこは宝くじなども売っている。間口を二つに分け、家族で切り盛りしている。

最初の一週間はやや緊張していた。店に座っていて気が楽になったのは、商店街の人たちが通りすがりに声を掛けてくれたからだ。初対面の挨拶しかしていないにも拘らず、「お早う」、「元気？」、「頑張ってね」と言ってくれる。客からも、「再開してくれた助かったよ」と、何度も言われた。一つ工夫が必要になったのは、つい椅子に座り続け、お尻が痛くなることだ。それで一時間に一度は店先の灰皿を交換して洗い、店の奥で屈伸運動などをするように心掛けた。

新しい住居での生活は快適だった。八百屋も肉屋も魚屋も商店街には何軒もある。新鮮なものが安く手に入るので、外食はしない。元々料理は好きなのでいろいろなレシピに挑戦している。

三週間目になると仕事には慣れた。しかし慣れないことが一つある。それはお店にある電話が鳴った時だ。二回に一回は夏川さんか同僚の若宮さんからだった。塩見からの連絡はお店の電話に掛かるので、夕方になって店を閉めるとホッとしていた。でも一日が終わり、お風呂に入る時が辛かった。その都度、単に一時間程体を貸すだけだ、と自分に言い聞かせた。それでも体を洗い始めると、つい惨めな気持ちになる。

塩見からの連絡はまだない。契約書通りなら、月末までの十日間に三回も会合を持つことになる。私は気が重いまま眠りに就いていた。


ついにその日が来た。前日の昼過ぎ、塩見から電話があった。彼は翌日の私の都合を聞き、煙草屋からは二つ目の地下鉄の入り口へ七時半に迎えに来ると言った。シャワーを浴びてから来て欲しい、避妊具は用意していると言われた時には、身構えると同時に、恥ずかしさで顔が赤くなった。月末まで残り五日。その間に三度も会うのだろうか。


私は午後からずっとぼんやりしたまま仕事を終えた。夕ご飯を作って食べる時間は充分あったけれど、食欲はない。ホテルでお腹をグーグー鳴らしたくはない。商店街に出て、サンドイッチを一つ買い、味が分からないまま無理やり噛み下した。

車で迎えに来た塩見の表情は面接や契約締結の時と同じだった。退社したままらしく、薄茶色のスーツを着ていた。彼は穏やかな顔で私に仕事のことをいろいろと尋ねた。変なお客が来ないか、とも聞き、気を紛らわせてくれた。久し振りに会った彼が始終にこやかにしていたので、少し気分は軽くなったが、ハンドルを握る彼の手を何度となく見詰めてしまった。

ホテルの駐車場に車を停め、彼と一緒に歩き始めると、私の足はかつてない程重くなった。彼の後ろ足を追うように歩いていたので、ロビーからエレベーターへ、エレベーターから部屋へ行くまで、周囲をまったく見ていない。部屋に入ってからはさらに緊張した。彼がシャワーを浴びにお風呂へ入った後、私はしばらく目の前にあるベッドを見つめていた。薄い水色の枕が二つ並んでいる。その光景に不気味な威圧感がある。シャワーの音が途切れた。私はやっと洋服と下着を脱いで畳み、側にある椅子に置いた。そしてベッドの中に滑り込み、目を閉じた。これは私が契約書に印鑑を押して以来、今日まで何度も反芻していたことだ。

ホテルを出た後、塩見は煙草屋近くまで送ってくれた。車を降りる前、塩見は私に封筒を渡してくれた。中を確認して欲しいと言われ、数えてみると十五万円も入っている。驚いていると、「今月はもう会う時間がないからです」、と彼は言った。「でもこれは多すぎます」、と余分を返そうとしたら、「契約書をもう一度読んでください」と言い、走り去った。帰途、私は余分な金額が私を手なずけるための手段だと考えた。

一年が過ぎ、私は正社員として煙草屋での仕事を続けている。

塩見は契約書に書いてある通りのことを忠実に実行した。実際の会合は一年で二十回だったのに、手渡されたお金はいつも同額だった。会合直前に電話があり、約束が二度キャンセルされたことがあったが、彼が指定した場所に現れないことはなかった。ホテルに行っても、私と一緒に朝まで時間を過ごすことはなく、煙草を一本吸うと、彼は部屋を出た。私も煙草を吸うけれど、まだ彼と一緒に吸いたくはなかった。彼は必ず煙草屋の近くまで私を送ってくれた。ただし、降りる場所は同じではなかった。

食事については、きっちり四回、夕食を共にした。落ち合う時間は早かったり遅かったりもしたけれど、そのまま私を買い物に誘ったり、バーでもう一杯飲もうと誘ったりすることもなかった。従って彼との接触はそれだけだった。

私が不思議に思うのは、彼はなぜあそこまで厳格で冷静になれるのかということだ。彼は社長で自分は一介の社員だ。自分はひたすら受け身になっていればいいと言い聞かせていたので、彼が契約以外の何かを求めれば、私はそれを受け入れようと考えていた。でも彼はお互いの立場の違いを押し付けたりはしなかった。私は自分の想像と現実の展開に驚いた。就職後四カ月が過ぎようとしていた時、

「後二カ月で正社員になりますが、今の仕事を続けますか？」

と彼が聞いた。

「お願いします」

と私は即座に答え、頭を下げた。これからは一人前の社会人として生計を立てるのだと再認識したわけではなく、現状維持しか生活手段がないことを自覚していた。

その三日後、私は総務課から電話を受けた。私に異存がなければ、二カ月後に正社員になることを告げられた。心の中の暗い部分を押しのけ、私は母に電話を掛けた。九月から正社員になると伝えたら、母は素直に喜んでくれた。そして九月の連休に父と一緒に泊まりに来ると言った。最初は五月の連休に来る予定だったけれど、親戚に不幸があったので、二人共来ることができなかった。


実際に両親が来た時、私は水曜日に二人を本社へ連れて行った。玄関の受付までしか入らなかったが、ロビーでコーヒーを飲んだ。塩見は玄関の一部を改築し、応接室にしている。私はその場で塩見商店が煙草屋などを運営し、それから事業を広げ、エス・エー・オプテックスになったことを付け加えた。父は、

「立派な会社になんだな」

と感心していた。二人を市内観光させ、夜はレンタルした布団で二日間泊まらせた。母は二階と三階の部

屋がえらく気に入っていた。

正社員になってからも、塩見の私に対する対応は同じだった。それで私は安心したけれど、逆に、こんな関係だけでいいのかと考えるようになった。徐々にだが彼に対し親近感が生まれてきたし、就職に失敗した私を救ってくれた彼に、ある種の恩義さえ感じている。だから私は自分から彼に話し掛けるようになった。

会合の時、塩見は私の言葉に反応はしてくれる。しかしそれは次から次へと話題を展開させるものではない。会話はプツンと切れる。会合自体が話をする場ではないので、徐々に慣れてきた私はそれでもいいと考えていた。

一方、会食の場合は二人で話をする。当初私の対応はぎこちなかった。どうしても塩見を社長として意識したからだ。それでも彼が必ず料理に合ったお酒を頼み、私も相手をするので、少しずつ打ち解けてはきた。話題は料理の良し悪しなどが多かった。

会食と比べると会合の頻度が多いからだろうが、私は次第に自分を女として強く意識するようになった。この関係をできるだけ望ましいものにしたいという女としての意識だ。しかし彼は二人の間にある敷居を低くしようとはしない。

最近も塩見は、

「僕に縛られる必要はありませんよ」

と穏やかに言い、やんわりと私をたしなめた。

この契約は女が妾とか愛人になることと同じだ。侍の時代から明治初期の妾であれば、本妻にも認められた立場なので、跡継ぎを産むことを期待されたりもするが、単なる愛人には子供を産む必要がない。良く言えば癒やしと気分転換の場を、悪く言えば欲求不満を解消させる場を提供するだけの道具になる。彼らと私は似たような境遇だが、私は違いがあると思っている。籠の鳥と同じく餌をもらうけれど、会合などがあっても、塩見に情を注ぐことまでは求められてはいない。一年が過ぎた今、私はこんな関係がずっと続くものなのだろうかと考えてしまう。まだ捉えきれない違和感を覚えている。

私の誕生日の後、塩見は会食が終わった時、クッキーの詰め合わせをくれた。これには驚き、心がときめいた。しかし、クッキーの他には何ももらっていない。私も契約以外のことを要求したりはしない。

女なら、TPOを考え、時にはジョーゼットのブラウス、フリルTシャツ、スリット入りのタイトスカートやミニスカート、縞模様が目立つストッキングとハイヒールなどで外出することもある。最初塩見は私の服装に無頓着だった。

あれは二回目の会食後からだった。彼は自分がどんな服を着ていくかを私に前もって知らせてくれるようになった。行く場所が服装を選ぶこともある。だから私は収入の範囲内で自分の服装を彼に合わせている。一方、会合時に特別な注文はない。

取り立てて何の要求がないことは契約通りなので気にする必要はない。ただし、それがある意味私を不安にさせる。以前の私はこんな気持ちになったことがない。高校時代にはボーイフレンドがいて、思春期なりの恋心を交わした。学生時代、最初に付き合った男とは話が合ったが、煮え切らない性格に興醒めして別れた。二人目の男は二股を掛けていたので、以後無視した。とは言え、交際中は相手のことを考え、それなりの行動をしていた。今、それは期待されていない。にも拘らず私は塩見に煙草屋へ来て欲しいとか、二階で食事をして欲しいと考えたりもする。そこに葛藤があり、違和感の原因になっているような気がする。

よく考えてみると、塩見に強い信念があり、ほぼ二週間に一度しか会わなかったからこそ、二人の関係を維持することができたような気もする。私にはまだ彼に対する遠慮があるので、何か妙だなと考えても、それを口にはできない。

そんな出会いを重ねるうちに又一年が過ぎた。

会合中の塩見と私はお互いに必要最小限のことしか口にしない。このような人と人との繋がりは確かに巷に溢れている。スーパーマーケットのレジや図書館の貸し出し返却口などで経験することだ。たしかに私たちは少なくとも笑顔は見せ合っている。これは煙草屋で私が顧客に対し愛想良く振る舞うことと同じだ。それだけでいいのだろうか。彼は同じような疑問を抱くことはないのだろうか。あの会合は普通なら親密な関係にある男女の行為だ。そこに感情の行き来がないのは不自然極まりない。実際の彼は最初の時から変わっていない。

塩見はこの契約を私が退職するまで本当に続けるつもりなのだろうか。女の容色は歳を重ねるごとに衰えていく。今の私が初々しい子や色っぽい女に何とか対抗できるとしても、四十歳、五十歳になれば、そうはいかない。ある日突然彼が契約解除を言い出せば、年齢のことを考える私は、止むを得ず引き下がるだろう。契約履行を要求する権利はあっても、気力がなくなるに違いない。

そんな気持ちを持て余しているうちに三年目を迎えた。

ある水曜日の昼前、私は桜木町へ行った。特に買いたいものはなかったけれど、ランドマークタワー周辺をぶらぶらし、ブティックを見て回った。クイーンズスクエアまで行き掛けていたら、目の前をシフォンフリルのワンピースを着た女が横切った。そしてショーウインドーの前に行き、腰を少しかがめている。スモークピンクと黒っぽい縁取りが可愛いが、お尻が見えそうな程丈が短い。

何を見つけたのかと思い、自分も中を覗いた時、彼女が振り返った。

「春菜？」

「美薗！」

彼女は大学時代に同級生だった杉浦春菜だ。

「何、どうしたの？」

「どうしたの、って言われても、ぶらぶらしているだけよ、美薗は？」

「同じよ」

「卒業以来会っていないのに、こんなところで鉢合わせるなんてすごい偶然だよね」

「春菜は今一人？」

「そう。待ち合わせもないし」

「じゃあ、一緒にお昼ご飯を食べようよ」

「いいわよ。あたし、朝ご飯を食べていないから、そろそろどこかに入ろうかなと思っていたところ」

「どこにする？」

「この辺りだと少し戻って、パスタにしようか？」

「いいわよ」

私たちは意気投合し、学生時代の思い出を振り返りながら、ランドマークタワー・プラザ一階にある店に入った。

飲み物とパスタの注文を済ませたら、春菜が聞いてきた。

「ねえ、仕事は何をしているの？」

「煙草屋さん」

「何なのそれ？」

「身分は一応会社員。それで商店街にある煙草屋さんを任されているの」

「じゃあ一人でお店に座っているっていうこと？」

「そう」

「今日は水曜日よね。この辺りでぶらぶらするには早くない？」

「あそこは水曜日がお休みになるの」

「週休一日ってこと？」

「商店街は水曜が定休日で全部のお店が閉めちゃうのよ。一週間に五日で四十時間働くのが普通だけれど、うちは六日働くから四十三時間半労働よ」

「珍しいわね」

「でも余分の三時間半は残業扱いになっている」

「それって一カ月にすると十五時間くらいの残業手当が付くわね」

「そういうこと」

「うちと比べれば悪くはないわ。給料はどうなっているの？」

「資格なんて必要ないし、事務職の一番下の給料よ」

「でも今着ているワンピースは上品だし、買ったばかりみたい」

「この前夏のボーナスをもらったから買ったのよ。高くはないわ」

「美薗にしてはちょっと地味だけれど、紺の地にピンクの花柄が似合っている」

「春菜の方が素敵よ。可愛くて脚が綺麗に見えるし」

「もう少し丈が長いのを探したのよ。でもなかったの。だから階段とかにはちょっと気を遣うわ」

「さっきショーウインドーの前で前屈《かが》みになった時、見えそうだったけれど、若々しくていいんじゃない」

「ありがとう。それはそうと、家からはまだ仕送りをしてもらっているの？」

「何を言うのよ。私はもう社会人！」

「給料だけじゃ足りなくない？」

「普通ならそうよね。でも今の仕事は住み込みなの」

「住み込み！　じゃあ家賃を払わなくてもいいってこと？」

「光熱費も殆ど会社持ちだから、持ち出しは殆どないの」

「何よ、それ。今はワンルームだって片手では足りないのよ。私なんて時々お母さんに泣き付いているんだもの」

春菜は口を尖らせた。私は卒業前の自分を思い出した。パートの仕事をし、あのワンルーム・マンションに住み続けていたら、生活は苦しいだろう。

「一人だけの仕事ってどうなの？　退屈？」

「ひっきりなしにお客さんが来ることはないわね。暇と言えば暇だけれど、座っているだけじゃないよ」

「どうして？」

「馴染みのお客さんや近所の人が通れば、必ず挨拶をしなさいと言われているし、煙草などの他にも商品があるので、それも売らなければならないの」

「雑誌を読んでお客さんが来るのを待つだけじゃないんだ」

「拭き掃除や掃き掃除もするわ」

「美薗は卒業してからずっと今の仕事なの？」

「そうよ」

「じゃあ来年くらいには本社に戻るの？」

私はその質問を想定していなかった。多分一瞬ドキッとした表情をしたに違いない。そろそろ仕事の話は切り上げるつもりだった。仕事は即、塩見のことに繋がる。

「どうかな。私は六十七社も失敗したのよ。切羽詰まって無理やり頼み込んでもらった仕事なの。だから厚かましいことは言えないわ。それにあの会社は少し特殊な製品を作っていて、事務系の人数は少ないの」

「何を作っているの？」

「光の方の光学機器」

「難しそうね。まあ美園はずっと苦労していたから、今は我慢の時かもしれないね」

「うん」

「ところでカレシの方はどうなの？　煙草屋で愛嬌を振り撒いているなら、お客さんが声を掛けてくれるでしょう」

「ちょっと！　私はキャバクラで媚を売っているんじゃないのよ。愛想良くしているだけ」

「いるの、いないの？」

「いないと言う方が正解かもね」

「美園でも誰も声を掛けてくれないの？」

「失礼ね。それなりに声は掛かるわよ。毎日煙草を買いに来てくれる人がいて、食事に誘われたこともあったわ」

「商店街の人？」

「お肉屋さん」

「歳は？」

「私より一つ上で、その時は二十四歳だった。彼はうちと同じで水曜日が休みでしょう。だから火曜日の夜焼肉屋へ連れて行ってくれたわ」

「肉屋が焼肉屋へ行くなんて驚き！」

「自分のところで卸している上等の肉が食べられるからと言って勧めてくれたのよ」

「美味しかった？」

「うん。あんな柔らかいお肉を食べたのは初めてだった。こんなお肉を毎日食べているの、って聞いたら、余り物が多いと言っていたわ。それにお肉っていろいろな部位があるのね。今まで聞いたことがないのも食べたから面白かった」

「ふーん。で、後はカラオケでホテル？」

「何よ、それ。まるで見てきたみたいね」

「本当にそうだったの！」

「カラオケに行ったのは本当。二人で一曲ずつ歌い終わったら、彼って直ぐに私を抱きしめてきたのよ。ずっと好きだったんだ、と言いながらね」

「せっかちね。まあ個室だから周囲を気にする必要はないか。それからどうしたの？」

「私も久し振りだったからちょっと興奮したわよ。だからもっと耳を擽《くすぐ》るような言葉を期待したの。女ってそういうのに弱いでしょう」

「褒めちぎられて悪い気はしないもんね」

「でもそこから先は白けちゃったわ」

「どうして？」

「だって直ぐに胸に触るんだもの。こんなところじゃ嫌って言ったの。じゃあホテルに行こう、でしょう。ゆっくり飲みながら、雰囲気を盛り上げるような歌でも歌えば別なのに、ギラギラしているだけだから引いちゃった」

「物事には順番があるのに、男って我慢できないと言うか、単純よね」

「私も軽く見られたことで頭に来たから、ちょっとトイレに行くね、と言って帰ったわ」

「じゃあ彼とはそのままなの？」

「そう。でも木曜日には又煙草を買いに来て、白々しく、ごめん、と言ったわ。少しは反省したのかと思ったけれど妙に態度が馴れ馴れしいの。その後もしつこく誘われたけれど断ったわ」

「もっとまともな有望株はいないの？」

「一人いたのよ。と言うか、まだいると言えるかな。平日の十二時半頃に必ず顔を出してくれる人」

「普通の仕事をしているのね。付き合ったことがあるの？」

「うん。うちの昼食休憩は普通一時からなの。そうすると彼のお昼時間と合わないでしょう」

「会社員なら無理よね」

「だから一度だけ休憩中の札を早めに出し、最初は近くのファーストフード店でお昼ご飯を一緒に食べた」

「それだと時間にも気を使うし、周囲の目も気になるか」

「だから次は夕食を一緒にしたり、映画を観に行ったりもしたわ。彼って静かに話すし、いい感じなのよね」

「その上イケメンだったら許さないわよ」

「まあイケメンの部類ね」

「いい線行っているじゃない。今も付き合っているのね？」

「そうならいいんだけれど……」

「何よ、その曖昧な言い方は？　彼が積極的にならないの？」

「違うわ。基本的に彼とは時間が合わないの」

「そうか。彼は土日が休みだよね。水曜日と祝日が重ならないと駄目か」

「土日に有給休暇を取ればいいじゃない」

「一度休んでドライブに行ったけれど、お店には代わりの人に来てもらうでしょう。その人に休日出勤をさせることになるから、気が重かった」

「遠慮ばかりしていたら、結婚できなくなるわよ。彼と結婚したら？」

　私は又ドキッとした。

「彼はいろいろと気を遣ってくれるのよね。でも私と同い年だし、近くの総合病院で事務をしているみたいなの。だから生活ができないと思う」

「美薗が今の仕事を続ければいいでしょう」

「うん。今の時代、共稼ぎは当然よね。ただしまだそこまで踏み切れない」

「相手をよく観察するのも必要だけれど、理想の男を見つけるなんて無理なの。一つや二つ難点があっても妥協しないと結婚できないわよ。母さんも言っていたけれど、結婚すれば何とかなるみたい。逆の場合も多いらしいけれど」

春菜の言葉が一つ一つ私の胸に突き刺さる。

「ところで春菜は不動産会社に就職すると言っていたわよね。今もあの会社にいるの?」

「あのままよ。物件が売れない、誰も借りないって時は、社内が暗くなるわ。しかも大企業じゃないし」

「でも固定給をもらっているのでしょう?」

「事務員だから微々たるものよ。賞与は多かったり少なかったりで、当てにできないわね。営業の先輩なんて、額が片手とか両手も減ったと愚痴っていたし」

「それは困るわね。それはそうと春菜はなぜぶらぶらしていたの?」

「うちは火曜と水曜がお休みなの。だから美薗の気持ちは分かるわ。普通の会社員とは付き合いにくいよ。と言っても社内恋愛はしたくないし」

「どうしてよ?」

「さっき言ったように、仕事がきついからよ。朝は少しゆっくりできても、営業は夜が遅くなり、土日は一日中忙しいの。物件の成約件数が即給料に跳ね返るし、普通の会社員がいいわ」

「いろいろあるのね」

「ねえ美園。住み込みって言っていたけれど、広くはないし、昔風の家でしょう」

「あら、春菜は窓口だけある小さいお店を想像しているでしょう。でも五年くらい前に建て直し、私が入居する直前に住居部分を全部リフォームしたみたい」

「綺麗ってこと?」

「悪くはないわ」

「ねえ。今から連れて行ってよ。いいでしょう?」

「いいけれど……」

「男がいるんでしょう」

「い・な・い」

「じゃあ決まりね」

「春菜は相変わらず強引ね。じゃあ今度春菜のところへ行っていいならオーケーよ」

「狭くてゴチャゴチャしているから、前もって片付けをさせてね。それならいつでもいいわよ」


食事を済ました私たちは電車に乗り、煙草屋へ向かった。家の近くのコンビニに寄り、スパークリング・ワインやチーズなどを買った。


シャッターを開け、店の電灯を点けると、春菜は、

「本当に煙草屋なのね」

と言った。

「嘘だと思ったの?」

「そうじゃないけれど、美薗には似合わないような気がしてたからよ。煙草の試供品はあるの?」

「ここにいろいろとあるけれど」

「一つもらってもいい？」

「いいわよ」

春菜は煙草以外の商品には目もくれず、

「早く上に行こうよ」

と私を急かした。二階の引き戸を開け、電気を点けると、春菜は
「何よ、これ！」

と叫んだ。そして電子レンジやＩＨクッキング・テーブルなどを一つずつ確かめている。母と同じ反応をする。

私たちはワインを飲みながら、他愛のない話を続けた。九時を回るとお互いに夜が更けてきたのが気になってくる。春菜が突然真顔になった。

「美園。今夜はこのまま泊まってもいい？」

「春菜のお休みは今日まででしょう。明日の朝は大丈夫なの？」

「会社は十時からなので平気。お布団の余分はある？」

「ベッドのお布団は新しいかったから、私が持ってきたのがあるわ。でもお母さんが来た時以来干していないけれど、それでもいい？」

「それをベッドルームに敷いて一緒に寝ようよ」

「まるで学生時代に戻ったみたいね。あの頃は狭いベッドで一緒に寝たこともあったし」

「お互いに振った、振られたとか、お泊まりをしたとか言いながら、寝ないで話し続けたわ」

「じゃあ一緒に運んでよ」

「うん」

私は春菜を三階に連れて行った。蛍光灯を点けると、彼女は又もや驚嘆の声を上げた。

「これで家賃を払っていないなんて不公平よ。美園は私のところに来ちゃ駄目」

「それこそ不公平じゃない。約束は約束だからね」

布団を敷き終わったら、春菜が聞いた。

「ちょっと汗をかいたからお風呂に入ってもいい？」

「タオルは適当に使ってね。パジャマは私のでもいいよね？」

「勿論よ」

「下着はどうする？　新しいのがあるけれど」

「じゃあ今度うちに来る時、一枚用意しておく。それで貸し借りなしにしようよ」

「分かった」


私がお風呂を済ませて上がってくると、春菜はもう寝息を立てている。美味しいわね、と言ってやや多めに飲んだワインが効いたからだろう。彼女がここに来たいと言った時、私は何となく煙草屋自体を見せたくなかった。いつもはテレビの音声しか部屋に響かないが、久し振りのお喋りは本当に楽しかった。

しかしいざベッドに横になり、春菜の穏やかな寝顔を見ていると、他の思いが頭をよぎる。

静まり返った深夜、彼女の息遣いが聞こえてくる。少し手を伸ばせば、彼女の肩に触れられるし、肌の温もりさえ感じることもできる。

又一年が過ぎた。

会食時の話題は、いつも天候のことで始まる。次に料理の良し悪しや飲み物に触れる。折に触れ彼は会社の業績との関連で経済を話題にする。円高と円安、原油価格の上下などについて触れることもある。私はもっぱら聞き役だが、私に分からない言葉が出てくると、彼は私が理解できるように噛み砕いて説明してくれる。前期の出荷・輸出台数が増えたとか、取引が纏まりそうだと聞かされると、私も社員として嬉しくなる。そんな時私は、塩見が気兼ねなく独り言を言いたくて私を相手にしていると思う。とは言え、私は数少ない会食自体を楽しんでいる。明るい場所で話をしていると気が休まるし、デート気分にもなる。

最初の頃、塩見が同じ料理屋やレストランに行かないのは、店の人に自分の顔を覚えられたくないからだと邪推していた。値段の割に美味しい料理を食べた時、私としてはその店に再度行って、別の料理を味わいたい。でも次回は何を食べたいかと聞かれると、同じ店を避けた。

しばらくしてからだが、私は塩見が単にいろいろな料理を食べたがっていることに気が付いた。切っ掛けは私が彼に、もんじゃ焼きを食べたことがあるかと聞いたからだった。彼が自分で材料を鉄板に乗せて作ることに興味を示したので、私たちは都内まで足を伸ばした。その時彼はスーツを着ていたけれど、上着を脱ぎ、〝本当に熱いね〟と言いながら、喜んでもんじゃ焼きをヘラで食べた。

以来、一つ変化があった。私が次に行く店を選ぶ担当になった。彼の意向に従い、私は積極的にインターネットで面白そうな店を探した。エスニック料理店へも顔を出すようになった。

私が家で作る料理には幅が出てきた。ただし、レシピに書いてある材料は少なくても二人前か三人前なので、残りを翌日に回すか、冷凍保存する。その都度、彼と一緒に食べることができればと、叶わぬ夢を見る。

時々だが、会合に現れた塩見が疲れを顔に表していることがある。シャワーの後、私が肩を揉むこともある。本当に疲れていることが何度かあり、彼は私に断った上で、腕時計の目覚ましをセットして三十分程寝た。そんな時、私は椅子に座ったまま、直ぐに寝付いた彼を眺めていた。妙なもので、穏やかな時間を楽しんでいた。目を覚ますと、彼は決まって大きな伸びをし、服を着始める。そして私は彼に対する愛おしさを引き摺りながら、部屋を出る。彼は私の想いに気が付いているはずだが、私を土方さんと呼び続ける。

そんな歯がゆさが強くなったある時、私は憂さ晴らしのため、格安店に行った。相当値が張るイヤリングを買った。店からは誇らしく出た。でも帰宅し、鏡の前でそれを付けたら、自責の念が生まれた。自分を普通の愛人にしてしまえば、塩見は単なるパトロンになってしまう。あの協力金は肌を許すことの代価だが、それを宝石やバッグなどにすること自体、自分と彼とを引き離す行為になるような気がした。だから会合や会食の時にはあのイヤリングを使っていない。

それでも私は否応なく結婚と家庭を意識させられることがある。一年に一度か二度、母が上京してくるからだ。母は、居間にバッグを置くと、私がお茶を入れている間、室内を見回している。余分な箸は出ていないし、洗面所にも二人分の歯ブラシはない。

市内を案内したり、外食をしたりし、二日か三日で帰っている。最低一度は、〝好い人はいないの？〟と聞く。私は当たり障りのない理由を並べ立て、否定する。その都度内心では孫の顔を見せたら喜ぶだろうと思う。

前回は、母が帰った日の夜、私はパソコンで賃貸マンションの価格を調べた。光熱費などを考慮し、最低限の収入を算出した。協力金にはまったく手を付けていないので、敷金・礼金・仲介手数料を払っても、当座の暮らしに困ることはない。翌日にはコンビニで履歴書を買った。その次の水曜日、ハローワークへ行った。

しかし私は相談会場の雰囲気を眺めていただけだ。マンション探しに不動産屋へも行っていない。いざとなると、塩見との関係が重しになる。時と場所とが異なり、何かの縁で塩見に巡り会うことができるなら、と夢想して現実に戻る。


まだハローワークへ行ってから日が経たないうちに、会食の日が来た。私はスペイン料理の店を予約していた。私は塩見が自分の車で私を迎えに来たので驚いた。翌朝早く東南アジアへ出発するからだった。今回の出張は二週間になると言う。私たちはワインを飲まないままパエリアを食べ始めた。しばらくして私は思い切って彼に聞いた。

「塩見さんはそれ程のお歳ではないのに、なぜこんなことを思い付いたのですか？」

「普通の人は、明日も明後日も、多分来月も現状が急激に変わることはないと信じています。そうですよね」

「その通りだと思います」

「僕の場合、今日できることを後に延ばすと、明日になったらできないかもしれないと考えます」

「じゃあ危機意識を常に持つための手段の一つがこの契約なんですか？」

「これを危機感に結び付けるのは飛躍し過ぎですよね。僕は自分を取り繕うために無理をしたくないんです。もっとハッキリ言います。男としての欲望を抑えていると、それが予期しない形で現れたり、暴走したりするかもしれません。それを恐れています」

「自分の欲望を管理すると言う意味ですね」

「はい」

「私の方は素直な気持ちを表したくても、そのための扉は閉ざされています」

「君は僕との感情的な繋がりのことを言っているんですね」

「私の人生と塩見さんの人生は曲がりなりにも交差しています」

「僕も心と体とが共に繋がることが理想だと思います。でも今の関係は契約に基づいているから仕方がないことなんです。僕がそれ以上のものを求めれば辻褄が合わなくなります」

「塩見さんは感情のない繋がりだけで満足できるのですか？」

「たしかにこの契約は一方的な関係を君に押し付けています。僕自身感情の拗《こじ》れや縺《もつ》れを何度も体験してきているし、会社経営ではいろいろな駆け引きをしています。だから個人的には物事をもっと簡単な形で捉えたいんです」

「つまり私が感情を持って対応しなくてもいいのですね」

「君の意にはそぐわないでしょうが、今以上のことを求めるつもりはありません」

「この際だから言わせてもらいますが、私は何度か塩見さんにすがりたいと思ったことがあります。もっと信じたい、信じることができて、それで安心したいという気持ちです」

「君の目がそう訴えているように感じた時、それをありがたいと思いました。今もそう思っています」

「では私は何なのでしょうか。どうすれば良いのでしょうか？」

「君には今のままでいて欲しい。それが嘘偽りのない気持ちです」

私は涙腺が緩むのを感じたが、それに堪えた。

「僕は知らず知らずに君を悩ましていたんですね。謝ります。この契約を考え付いた時、僕には相手の感情を弄ぶ意図はありませんでした。通常世の中にあるもっとドロドロした繋がりよりも、契約があればサッパリした関係を続けられると判断していました」

「私さえ我慢すれば、契約を維持したいという意味ですか？」

「不本意でしょうが、このまま続けさせてください」

　私は肩から力が抜けるような気がした。ただし、安堵と落胆が交錯している。

「こんな言い方をするとさらに君の気持ちを逆撫でするかもしれません。でも契約書に書いてある通り、君は自分からこの契約を解除することができます。それは理解していますよね」

「はい」

「君が心配しているのは、契約解除と社員の地位のことですか？」

「もし契約を解除したいなら、私が会社を辞めることは当然だと考えています」

「今の仕事も嫌になっていますか？」

「いいえ、そんなことはありません。もう仕事には慣れていますし、あの商店街の人たちとも良い関係を築いていると思います。煙草を吸う人の絶対数は減っていますが、新しいタイプの煙草も出ていますし、営業は続けられると思います」

「こうしたらどうでしょう。この契約は解消しますが、僕は君の雇用を継続します。だから今度もう一度会い、お互いの契約書を破棄しましょう。それなら問題はないですよね」

「本当にそうしていただけるのですか？」

「僕としては非常に残念ですが、仕方がありません。君がこれまで何も言わずに僕と付き合ってくれたので、僕は仕事に邁進することができました。ありがたいと思っています」

「では他の誰かと契約をするつもりなのですか？」

「今はそんなことを考えたくありません。それに僕がこれからどうするかは僕の問題です」

「塩見さんは本当にこの契約をずっと続けたいのですか?」

「君に異存がなければそうしたいです」

「私はもうすぐ二十七歳になります。十年経てば三十七歳、二十年過ぎれば四十七歳です。それでも続けるのですか? 若い子はいくらでもいます」

「契約は契約です。十年でも二十年でも、こうして二人で会っている限り、実年齢が邪魔になりはしません」

塩見はどうして私を怒鳴ったり突き放したりするような態度を取らないのだろう。君にはもううんざりしている、と声を荒げてくれたらと思う。私にとっては怖い結末になるけれど、ある意味、私は彼に対する幻想を捨て去ることができる。しかし私が何を言っても、彼は今までと同じく冷静に応対してくれる。

「塩見さん、私が誰かと結婚してもいいんですよね」

「勿論です。契約に支障がない限り、僕がとやかく言う筋合いのものではありません」

私はハッと気が付いた。無意味な質問をしたことを悔やみ、下を向いた。

「君は卑怯だと思うでしょうが、僕は僕の生活を守りたい。そのために君との関係を続けたいんです」

強く意図したものではなかったけれど、私は頷いた。

「では、デザートとコーヒーにしましょうか?」

顔を上げた私は、

「ブランデーをいただいてもいいですか?」

と聞いた。突然口を突いて出た言葉だった。今夜の彼がお酒を飲まないことを知った上で言った。

手を挙げた塩見は、ウェイターにブランデーを二つ注文した。

「車はどうされるのですか?」

「明日誰かに取りに来させるので大丈夫です。今日はタクシーを使います」

「でもそれでは……」

「お酒でつらい思いを解消できないでしょうが、僕にも付き合わせてください」

「ありがとうございます」

塩見はしばらくの間、お酒を話題にした。出張で東南アジアへ出掛けることも多い彼は、現地のお酒について話してくれた。日本ではビールが有名だけれど、フィリピンにはサトウキビを蒸留してブレンドしたブランデーやココナッツ・ワインもある。タイではアルコール度数が高いビールの他に、米から作るウィスキーもある。驚いたのは、タイには宗教上の理由などで、お酒を飲むことやお酒を販売できない日が、一年に六日程あることだ。ベトナムにはウオッカとして親しまれているお酒もあるが、これはお米から作られている。彼の場合、取引相手との商談が終わると、宴会の席を設けて飲むようだ。その時には日本酒や焼酎を用意し、お互いに飲み比べをするらしい。

飲んでいるブランデーが瞼まで届き、私はほんわりとした気分になってきた。しかし早く切り上げなければという意識も強くなっている。最後の一口を飲み、私が、

「今夜はありがとうございました」

と言うと、彼は、

「もういいのですか。まだ時間はありますよ」

と言った。しかし私はこれ以上彼に甘えたくはなかった。

タクシーを降りた私は、つい先ほどまで燃え上がり掛けた炎が、すでに埋め火のようになっていることに気が付いた。気恥ずかしさが生まれると同時に、彼が誠実に受け答えをしてくれたことを噛み締めていた。彼には早く帰国して欲しい。

私が二十七歳の誕生日を迎えた日、経理の夏川さんから電話が掛かってきた。今日の設備点検を二時からにするので、一緒に食事をしようとの誘いだった。彼女に頼まれ、私は二人分の握り寿司弁当を買い、彼女の来店を待った。

夏川さんが到着し、私たちは二階に上がった。彼女は食卓にショートケーキを二つ出し、その一つにロウソクを一本立て、火を付けた。

「嬉しい。誕生日を覚えてくれていたんですね」

「人事記録はうちの課でも検索できるからよ」

「バースデーケーキなんて、ここで働き始めてから初めてです」

「そう思っていたわ。土方さんはいつも物静かなんだもの。少しは元気が出たかしら」

「大感激です」

お寿司を食べながら夏川さんは、先週末、付き合っていた男と別れたことを打ち明け始めた。相手は二つ年下の三十歳。彼女は二週間前、煮え切らない彼に子供が欲しいと言った。結婚を前提にしてのことだ。彼は子供なんて要らないと言い張り、それ以上の話を避けた。そして先週電話があり、彼が別れ話を切り出した。その態度に嫌気が差し、彼女は自分から電話を切っていた。

「会社ではこんなことを口にできないのよ。ずっとむしゃくしゃしたままだったので、誰かに話を聞いて欲しかったの」

「若宮さんでは駄目なんですか？」

「彼女は結婚しているのよ。もう男の子と女の子がいるし」

「でも結婚指輪はしていませんよ」

「家を出る時に外すと言っていた」

「どうしてですか？」

「子供がいても気持ちを若く持つためだって」

「なるほどね」

私は気さくな彼女とも話をする。二人が交替でお店に来るので、来店時には季節に合わせ、コーヒーやジュースを出していた。今日は夏川さんにより親近感を覚えた。

話題が生々しかったので、私は塩見社長についての評判を聞いてみることにした。

「社長の塩見さんはどんな人なのですか？」

「社長はここへ顔を出さないのよね」

「はい。面接時にお会いし、その後入社した時にご挨拶をさせていただきましたが、ここへは一度も来られたことがありません」

「社長は遣り手よ。お父さんから会社を引き継がれる前から実力を発揮されていたみたい」

「お父様はそれ程のお歳ではないと思いますが、ずいぶんと早く譲られたんですね」

「それはお父さんが現役時代に二度倒れられたからよ。今も自宅療養を続けておられるみたい」

「お母様は？」

「お元気よ。先日も会社に見えられたし。そう言えばね、社長は遣り手なのにお母さんには頭が上がらないらしいわ。上品な方だけれど仕来りにうるさいみたい」

「事業を広げていく際にも慣例を破ってはいけないということですか？」

「お母さんは大阪の旧家の出で、不義理をしてはいけないという意味らしいわ。事業と言えば、今のように海外にまで進出させたのは社長よ」

「すごいですね。実力があるから社員には相当厳しいのでしょう？」

「いい加減な仕事をし、それを改めないと即首を切られるわよ」

「でも労働基準法だとかが適用されれば、即日解雇されることはないのでは？」

「今言ったのは言葉の綾。厳しさはあっても社員からは信頼されているわね。仕事は就業時間内にやるものだ、が口癖なの」

「残業手当は出ていますよね？」

「きちんと出るわよ。社長が言いたいのは時間を有効に使えということなの。勤務が終わったら明日のために羽を伸ばせ、ゆっくり羽を伸ばしたければ、時間内に仕事を片付けろ、休日は会社のためにあるものではない、自分のためにある、と言うのも口癖。私は幹部の経理を担当していないので若宮さんからの又聞きだけれど、接待費や交際費は余り使っていないらしいわ」

「それで会社が成り立つのですか？」

「部長などがそれなりに使うことがあるとは思うけれど、社長の方針は技術とサービスで正面からぶつかれ、ということなの。結果がどうなるか分からないことに無駄な出費をしないということみたい。と言っても、契約が成立すれば、きちんと相手をもてなしているらしいわ」

「その方が合理的ですが、競合する会社が多いと大変でしょうね」

「うちの製品は特殊なのよね。だから競合相手が多くはないけれど、一旦模倣され、大量生産されると、一気に業績が下がってしまうの」

「光学機器ってそういう世界なんですか」

「私も細かいことは知らないわ。でもうちの営業はみんな技術者が担当させられているのよ。その技術者が国内だけでなく海外の顧客のところへ行き、それぞれの要望を聞き、それを出荷する製品別に反映させているらしいわ」

「じゃあ同じ製品でも、ある会社と他の会社に出す製品は必ずしも同じではないんですか？」

「最初に出荷する時は同じ。でも各社の必要に応じ、改良しているみたい」

「つまり、単なるアフターサービスではなく、売った製品を育てているようなものですね」

「それが社長の方針。だからもう一つの口癖は、作ったものを育てろ、育てるなら目を離すな、なの」

「社長は自分でも顧客のところを回られるのですか？」

「勿論よ。出張が多いから接待費に回す分が少ないのかもしれないわね。社長が率先して動かれるから、社員だって気が抜けないみたい。事務の私たちだって、去年と今年、先月と今月の数字を比較しろ、それがなぜか分析しろ、とも言われているもの」

「本当に厳しいですね」

「でも風通しは良いのよ」

「どういう意味ですか？」

「二年前のことだけれど、私、蛍光ペンを使っていて気が付いたことがあったの」

「文字をハイライトさせるペンですよね」

「パソコンの書類でも手書きの文書でも、気になるところをハイライトする時は自分が好きな色を使うわよね」

「私もです」

「それで係長にハイライトする時は信号機のように重要度で緑、黄、赤を使ったらどうですかと提案したの。そうしたらどうなったと思う?」

「その提案が採用されたんですか?」

「三日後に社長からの通達があり、全社員がパソコンでも書類でも三種類だけを使うことになったのよ。それだけじゃないの。四日目には社長が私のところへ来て、ハイライトさん、と呼んでくれ、握手してくれたわ」

「夏川さん、すごいじゃないですか。感激したでしょう」

「やる気が出たわよ」

彼女に笑顔を見せながらも、私はつい三週間前の彼との遣り取りを、彼の会社に対する責任に結び付けた。彼の真剣な表情を理解できるような気がしてくる。

「どうしたの?」

「えっ?」

「何だかホッとしているみたい」

「だって、そんな社長なら、社員だってもっと頑張ろうとするはずだし、奥さんは幸せだろうな、と思ったの」

私は塩見がバツイチだということは知っている。

「美薗さんは知らないの？」

「ご家族はおられるんでしょう？」

「若い時に離婚していて、まだ独身」

「子供さんは？」

「いないわ」

「今でも再婚できますよね」

「あの風貌と体格でしょう。それに上手くいっている会社の社長だからいろいろなところから話が持ち込まれていたらしいわ。私に声を掛けてくだされば、一も二もなく彼の胸に飛び込んだのに、そうはならないのよね」

夏川さんが笑い、私ももらい笑いをした。

「本当はお付き合いをされていたりして」

「残念だけれど仕事中しか声を掛けてもらえないわ。憧れているのは事実だけれど、所詮私にとっては雲の上の人。それが災いしているのかな」

「どういうことですか？」

「あの別れた男に不満を持っていたのよ。二年前のこともあって社長と比べたりもしたから」

「それはちょっと無理かもしれません」

「まだ結婚を諦めてはいないのよ。これは分かってね」

「私もです」

「でも上手くいかない結婚もあるのよ。いくら社長夫人が羨ましくても、私ならあんな無謀なことは絶対しないし、できないわ。それに噂は直ぐ広がるんだもの」

「前の奥さんは性格が悪かったのですか？」

「高飛車だったわね。実家が会社を経営していたからだと思うけれど、役員となって会社経営に口を出したかったみたい。病気がちとは言え先代の社長がまだ現役だった頃、次期社長の妻という振る舞いが多かったわ。私だって実際にあの奥さんが部長に、部下の教育がなっていないわね、と文句を言っているのを聞いたことがあるの。当時の私でも、立場を弁えなさいよ、と言いたかったくらい」

「そもそも社長がそんな女と結婚するなんておかしくないですか？」

「今の社長は昔から仕事一辺倒の人で、事実上お見合い結婚だったと聞いたわ。奥さんが羊の皮を被った狼だと誰も気が付かなかったってこと。私も女だから言いたくはないけれど、女ならお淑やかに振る舞うってできるじゃない。いざ結婚したら化けの皮が剥がれたの。しかも身に付けるものが次第に派手で下品になっていたし」

「信じられませんね」

「もう一つあるのよ」

「と言うと？」

「社長はあの通り忙しい人でしょう。奥さんは昔の同級生と仲が良くなったの。当時先代の腹心だった部長がシティホテルに寄った時、エレベーターに乗る二人を見掛けたらしいわ」

「え！」

「それがお母さんの耳に入り、離婚をさせられたみたい」

「私が社長だったとしても奥さんはかばえません」

「本当のところは、奥さんの実家が身を引かせたみたい」

「お互いに会社経営をしているのだから、体面を繕ったということですね」

「美薗さん、この話はここだけだから誰にも言わないでね。変な噂を流したと思われたくないし、私は本当に社長を尊敬しているから」

「口外はしません」

「社長はまだあの離婚を引き摺っているのかもしれないわ」

「そういう経緯なら、誰だって再婚には二の足を踏みますよ」

私は自然に頷いていた。

「あっ！　もう時間だわ。点検を始めなくちゃ」

設備点検を済ませ、夏川さんを見送った後、私は直ぐ店を開けた。


その夜、私は長風呂をした。髪を洗ったこともその理由の一つだけれど、いろいろと考えていた。三週間前、今の状況が最善だと自分を納得させたつもりだったが、塩見の過去が水面を揺らしている。


明くる日になっても私は塩見のことばかり考えていた。

私はこれまで彼の女に対する考え方が不自然だと思い続けてきた。彼と奥さんとの意見の食い違いやすれ違いは、いわゆる政略結婚による歪《ひず》みから生まれたものかもしれない。仕来りを重んじる母親の存在が一因にもなっていただろう。私の故郷での結婚式には、新郎新婦の友だちや会社関係の出席者数より、親戚縁者や家族がお世話になった人たちの方が多かった。夫婦間に波風が立てば、親戚の誰かが間に入ることも多い。

そんな広がりのない世界にいて、結婚生活が無駄だったと結論付けたなら、彼は同じ過ちを繰り返さないだろう。蟻の一穴が取り返しのつかない結果をもたらすこともある。父親と会社に対する彼の責任は重い。

塩見は物事を理知的に捉える。バーやクラブへ行き、ホステスと浮き名を流すことや、風俗産業と呼ばれる場所で、束の間の気晴らしをすることは論外なのだ。

となれば、この契約は彼にとって理想的だ。肉屋の男は極端だったが、昔のボーイフレンドでさえ、付き合いが深くなってからは男の性《さが》を抑えられないようだった。塩見は、男としての生理と現実とを合理的に突き詰めた末にこんな契約を考え出したに違いない。独り善がりかもしれないけれど、私は急に塩見のことを愛おしく思った。自分が体を売り物にしている現実は変わらない。でも私は私にしかできないことを彼にしている。お妾さんでもなく、愛人でもなく、ましてや妻でもない自分の立場が悩みの種だった。今まで彼の態度が変わらなかったことはこれからの歳月を保証しないけれど、彼は真っ直ぐ私を見続けてくれると思う。容色が衰えても、私は自分の役目を果たし続ければいいのではないだろうか。

夏川さんと塩見の離婚を話した時、私は又以前の私に戻ってしまうのかと思った。今は違う。夏の夕立が去り、地面は濡れたままでも、空を探せば虹が見えるような気がする。

何となく気分が落ち着いたので、私はファミレスで食事をし、カフェバーに寄ることにした。

私はスッキリした気持ちで家に戻ってきた。ファミレスでは特に何もなかったけれど、カフェバーではマスターと気軽に話をすることができた。隣に座っていた中年男二人からはドリンクを勧められた。相手に隙を見せていたからではなく、大人の女として落ち着いた雰囲気を醸し出していたからだと思う。

ベッドに入った私の脳裏に妙な考えが浮かんできた。

この心の変化はこれでいいのだろうか。塩見とこんな気持ちで会ってもいいのだろうか。彼から見れば、夢を追う女の方が可愛いだろう。淑やかさを別としても、ひ弱さがある女の方が好かれるかもしれない。

私は電灯を点け、机の上にある手鏡を手に取った。自分の顔を見ると、肌艶は同じなのに、上から目線になっているような気がする。

私は笑顔を作った。鏡に映った目の奥に何か違うものが光っている。

塩見との会合は三日後に迫っている。こんな気持ちと顔のまま、以前と同じように振る舞うことができるだろうか。

会合が終わった後、塩見はいつものように私を煙草屋近くまで送ってくれた。そして別れ際に、

「どこか調子が悪いのですか？」

と聞いた。私はドキッとした。

「いえ、風邪も引いていませんし、食欲もあります」

私は笑顔で答えた。

「そうかな。調子が悪いのなら早く病院に行ってください。あの店は他の女子社員に営業させられますからね」

「はい。大丈夫です。何かあれば病院に行きますし、電話をもらう時私から報告します」

「本当ですね？」

「はい」

そんな遣り取りをして私は塩見に、お休みなさい、と言った。

次の会合は五日後だった。その会合が終わった時、塩見は車の助手席から降りようとしている私に先日と同じことを尋ねた。体調は万全です、と同じように答えた。それでも彼は、半年に一度の定期健診が近づいているので、いつもの血液検査だけでなく、腫瘍マーカーの検査と頭から足までのCT検査を受けることを私に勧めてくれた。物言いは穏やかだが、彼の眼差しはそれを拒否することができない程真剣だ。

私は翌朝直ぐ会社が提携している病院に電話を掛けた。そして二つの検査の追加を頼んだ。

一週間後、又会合があり、部屋に入った私は、真っ先に結果が正常だったことを塩見に報告した。

「ちょっと見せてください」

と手を伸ばした彼は、三ページの緊急報告書（血液、生化、生化二）とCT検査報告書をしばらく眺めていた。

「何もなくて本当に良かった。心臓や胃などと違い、肝臓とか膵臓や女性特有の器官は物言わぬ臓器と呼ばれています。何かあった時には手遅れになることも多い。これでも心配していたんです。今度は僕の番です」

そう言いながら彼は自分の報告書を私に渡してくれた。私も一枚ずつ目を通した。驚いたことに彼もCT検査などをしていた。

「君だけに特別なことを無理強いさせるのは不公平ですからね」

「ありがとうございます」

私は素直に頭を下げた。ここ三回の会合が頻繁だった理由が分かった。

帰宅後、いつものように私は今日二度目のお風呂に入った。塩見の安心した顔が目に浮かび、温かいお湯に少し長く浸かった。

　私は二週間前の考え方を改めることにした。夢を追う女やか弱い女はもう意識しなくてもいい。私が頭を切り替えれば、自分にも彼にも役立つのではないだろうか。あの契約と煙草屋での仕事は私にとって公私の公だ。私事を何にすれば良いのか今は見当が付かない。これから探してみよう。成長の過程で物事の捉え方を変えるのは自然の成り行きだし、私だって成長したい。

　それにしても、と不思議に思う。最近彼と会うと、僅かな時間を惜しむような気持ちになる。傍から見れば不自然な関係には違いないが、慈しむべき絆はある。


　それから間もないある日、春菜が電話をしてきた。来週の火曜に泊まりに来てよ、との誘いだ。彼女とは水曜日の休みが重なるので、この二年間何度か会っているし、一泊二日でディズニーランドへも行った。半年前には彼女の部屋で一泊してもいた。彼女と一緒の時は、お金を派手に使わないように振る舞っている。今回私は何となくスッキリとした気持ちになっているので、火曜日が待ち遠しい。


　その日の夕方、私は春菜と地下鉄の駅前で落ち合った。二人でスーパーに寄り、お弁当などを買ってマンションへ向かった。

「春菜、どうしたのよ、こんなに整理整頓が好きだったっけ」

「いつもと同じだけど」

「嘘よ。この前はこんなじゃなかったもの。化粧品の棚なんて瓶があっちを向いたり、使ったパフがそのままになったりしていたわ。雑誌だって積んだだけだったもの」

「あの時も片付けてはいたの。でも直前に探し物をしたから雑然としたの。今回はいつも通り」

「明日大雨が降ると困るわ」

「野外ライブが中止になったら、私だって嫌だわ。苦労して手に入れたチケットだもの。でもお天気は大丈夫。家を出る前にネットでも確認したし」

春菜はニコニコしている。

「ひょっとしてカレシを連れ込んでいるな」

「そうかな」

「そうかな、じゃないでしょう。白状しなさいよ」

私はそう言いながら狭いキッチンの方を見た。流しにはグラスや茶碗などがいくつか洗って駕籠に入れてあるが、箸を含め数が多い。

「これは何よ?」

「美薗は目敏《めざと》いのね」

「やっぱり」

「前は私が彼のところへ泊まることが多かったけれど、最近はこっちにも来てくれるの。泊まってくれれば、朝ご飯を作ることができるでしょう。私は土曜も日曜も仕事だから忙しい朝になるけれど、それでも楽しいの。その後一緒に家を出るのも好い気分」

「ご馳走さま。相手は普通の会社員ってことね」

「うん」

「何をしているの？」

「金融関係」

「銀行？」

「信用金庫よ」

「あら、いいじゃない。今の世の中、堅い仕事が一番よ」

「私としては上手くやったつもり」

「どこで見つけたの？」

「友だちと合コンをしたの」

「あら、私には声を掛けてくれなかったのね」

「ごめん。あの時は急に決まったことだったの。それにあれからは合コンをしていないし」

「じゃあそれからトントン拍子に進んだってこと？」

「まあね」

「羨ましいこと」

「美園はどうなのよ？　あの肉屋の子とか十二時半の子とはあのままなの？」

「あのお肉屋は論外よ。でも十二時半の方は私が煮え切らなかったから、もう誘ってくれないわ」

「煙草はまだ買いに来るの？」

「うん。笑顔で挨拶だけはしてくれる。それは嬉しいけれど、ちょっと寂しいわ」

「どうして煮え切らなかったのよ？　マザコンとかで性格が合わなかったの？」

「そんなことはなかったわ。優しかったし、時間を掛けてお互いの気持ちを確かめ合おうとしてくれたのも分かった」

「じゃあ問題はないじゃない」

「でもね、私にもいろいろと考えることがあったの」

「ねえ、美園。私たちはもう直ぐ三十よ。自分から積極的に声を掛けなさいよ」

「ちょっと待ってよ。今日は私を追求する日なの？」

「そんなつもりはないわ。久し振りだからゆっくり話をしたくなっただけ」

「春菜。彼が寄るならお酒を置いているんじゃないの？」

「あるわよ」

「じゃあ飲もうよ。この豪華なお弁当はおつまみにもなるわ。何があるの？」

「缶ビールとワイン・クーラーとブランデー」

「彼の好みもあるのね」

「ブランデーはそう」

私は塩見と飲んだ時のことを思い出したが、もう心の中で決着を付けている。

「私はワイン・クーラーをもらうけれど、春菜は何を飲むの？」

「うーん。私は遠慮しようかな」

「何よ、それ。自分から私を呼んだくせに何も飲まないって言うの？　ひどいわね」

「ちょっとだけなら付き合うわ。でも本当に一口だけよ」

「そう言えば灰皿もなくなっているわ。煙草は止めたの？」

「うん」

「それって最近のことでしょう」

「もう二カ月以上かな」

「彼が煙草を吸わないってこと？」

「吸っているけれど、吸うのはベランダ」

「じゃあ理由がないじゃない」

「心境の変化よ。節約にもなるしね」

「今日の春菜は変。この前ベトナム料理を食べた時には、ここに戻ってからも一緒に飲んだじゃない」

「それってもう半年以上も前のことでしょう。だから……」

「だからじゃないわよ。付き合いが悪いと言っているの！」

「そんなに怒らないでよ」

「怒ってなんかいないわ。本当に変よ、春菜は」

私が目を尖らせて睨んでも、春菜の目は笑っている。私は彼女が妙に女っぽいと感じた。

「春菜。ひょっとして、お腹が大きいの？」

彼女は嬉しそうに頷いた。

「何カ月なの？」

「明後日で二十五週目に入る」

「結婚は？」

「するわよ」

「できちゃった婚になるのね」

「うん」

「日取りは？」

「それが問題なのよ。できれば普通のウエディングドレスを着たいのよね」

「じゃあ早くしないと困るじゃない」

「彼の実家でもうちの方でも結納とかをきちんとしたいと言っているし、実は彼が私より一つ年下なのよ。それで挙式を急ぐより、子供が生まれてからでもいいという方向になるかもしれない」

「親同士はどうなの？　反対しているの？」

「二週間前にも親同士が会っているし、それは大丈夫」

「結婚って、いくら今の世の中でも、二人だけでは決められないからね」

「やっとゴールインだと思ったのに、引っ越しのこともあるし、物を右から左へ動かすように簡単じゃないのよ」

「どこへ移るの？　彼のマンション？」

「あそこもワンルームだから無理。彼のお父さんが今場所を探してくれている」

「あら、良いわね」

「一人息子だし、孫が生まれるから、もうお義父さんに任せることになったみたい」

「ひょっとして、買うってこと？」

「親同士でそんな話もしたらしいわ。うちも少し出すとか出さないとか」

「じゃあ安心ね。仕事はどうするの？」

「産前休暇は取るつもり。その後は未定」

「じゃあ日取りが決まったら教えてね」

「勿論よ。早くなったとしても、美蘭は絶対来てよ」

「分かった。じゃあ今日が最後の婚前パーティになるかもしれないね」

「そんな寂しいことを言わないでよ。今だってちょっとストレスが溜まりそうなんだし、これからマリッジブルーになるかもしれないでしょう。長い付き合いなんだから、最後まで面倒を看てよ」

「あらら。今からそんな弱気でどうするの。それにマリッジブルーなんて、誰もが直面することじゃないわ。余計なことを考えなければいいじゃない」

「やっぱり私一人じゃ不安なの」

　春菜の表情がやや曇った。その曇りが私に跳ね返る。もう四年以上、自分はあれこれと悩んできた。誰にとっても物事はそうすんなりと進まないものかもしれない。春菜の場合、暗中模索しているわけではない。もう少し時間が経てば、問題はすべて解決する。私はわざと笑みを浮かべながら言った。

「それが二十七になった女が言うことなの？」

「失礼ね。つい一カ月前まで二十六だったわよ」

　私は又笑った。

「もう、泊まりに来させておいて、私に愚痴を聞かせたかったんだ」

「ごめん」

「今夜全部話を聞く代わりにしっかり飲ませてもらうね」

「いいわよ」

　春菜が笑顔になる。私はソファーから立ち上がり、冷蔵庫へ向かった。

私は缶ビールとワイン・クーラーとグラスを出してきた。春菜にはビールをほんの少し注ぎ、残りを私のグラスに入れ、乾杯をした。それからお弁当に手を付けた。

その夜、私たちは遅くまで話をした。そして二人で狭いお風呂に一緒に入った。超音波検査に依ると胎児は男の子だ。私は春菜のお腹に触らせてもらった。

「もう赤ちゃんの心音が聞こえるのかな？」

私は春菜のお腹に耳を当てた。

「それはまだ無理みたい。先週検診に行った時、聴診器でやっと聞こえたくらいだもの。彼も聞きたがるけれどもっと先のことよ」

「いいわね」

「うん」

春菜はそんな私を見ながら喜びを噛み締めている。私たちは体がふやけるくらい長湯をした。

次の日、私たちは昼過ぎから野外コンサートに出掛けた。そしてファミリー・レストランで夕ご飯を食べてから別れた。春菜は昨夜より元気になっている。言いたいことを全部話したからだろう。

帰途、私は春菜のお腹を目に浮かべていた。家に戻ってからも、結婚と妊娠とが頭を離れない。彼女とは同い年なので、いずれ結婚話を聞くことを覚悟してはいた。カラオケボックスにいても、レストランの片隅にいても、私たちがこの話題にまったく触れないことはなかった。私の目の前で結婚が現実味を帯びてくると、自分の立場を改めて考えざるを得ない。

今から一年も経てば、春菜は授乳や離乳食、それに夫の世話をしながら忙しい日々を過ごしているだろう。赤ちゃんの泣き声があり、時には夫との口喧嘩があっても、それらは家庭を彩るものとなり、いずれ家の中には三人の笑い声が響く。

一方、私は塩見と自分の関係についてすでに折り合いを付けた。だから彼との結婚はあり得ない。結婚を望むか、独身を通すかのどちらかを早めに選ばないと、今回のように、五年経ってやっと答えが見えてくるのでは困る。

結婚したいのなら相手が必要だが、相手を見つけるには自分の意識の中に願望がないと駄目だ。何とか結婚したとしても、会合を続けつつ、夫にも愛情を注ぐことなんてできない。

私は第三の道も考えた。結婚せずに母になることだ。子供を産めば、母性を体験し、春菜の生活の半分くらいは楽しむことができる。世の中にシングルマザーは少なくない。しかし子供を授かるためだけに男を探すのは不自然だし、そんなことが可能だとは考えられない。

私は大きなため息を吐いた。その時、給湯子機から、〝お風呂が沸きました〟という声が流れてきた。

私は不毛な想像を止め、お風呂に入ることにした。

明くる日、いつものように仕事をしていたら、赤ちゃんを抱いたり、乳母車を押したりしている親子ばかり目に付く。このアーケードは有名なので、人通りが絶えない。昼食時を除けば主婦の数が圧倒的に多い。普段は顧客に挨拶をすることしか頭にないから、気にも掛けなかったが、乳幼児連れも少なくない。

「美蘭ちゃん、どうしたのよ?」

「はい？」

「何を見ているの？　さっきからいつものをカートンでちょうだいと言っているのに」

ハッとして気が付いたら、灰皿の側に魚屋のオジサンが立っている。

「ごめんなさい」

私は椅子から立ち上がり、棚から〇〇を出してきた。代金はもう目の前に置いてある。私は反省した。公私の公を忘れている。

その後も私の頭からは子供のことが離れなかった。休日に外出しても、親子連れを見てしまう。駅前の雑踏でも、太っている女を見れば、妊娠しているのかそうでないかを区別する。電動自転車に子供を載せている母親を目で追い、彼女たちに力強さを感じる。

生理が来て、私は再び女を意識した。春菜のお腹が瞼《まぶた》によみがえる。今まではこの定期的な体の変化を鬱陶しいとしか見做していなかった。会合の邪魔になるとも思っていた。でもお腹に痛みを感じると、母性を強く意識する。

一方、私は何もしなかったわけではない。公私の私を一部分だけでも充実させるために動き始めた。ただし時間は限られている。水曜日の一日と他の日の朝早くと夕方から夜までしか自由時間はない。

一年後、塩見との会食が近づいた時、私は彼にどこでもいいから個室にして欲しいと頼んだ。お酒も飲みたいと付け加えた。

その日、彼は懐石料理を出す割烹へ連れて行ってくれた。

二人が部屋に入ると、仲居が現れ、ビールを二本と二皿の八寸を置いて去った。

「君からお酒を飲みたいと言われるのは久し振りですね」

「あの時のことはもう忘れてください」

「そう言ってくれると嬉しいけれど、今日は何か話したいことがあるんですよね。話を聞く前に先ず乾杯しましょうか」

塩見は穏やかに微笑んでいる。私は余り堅苦しい表情はしていないつもりだ。彼が私にビールを注いでくれたので、私も彼のグラスにビールを注いだ。

「乾杯」

「乾杯」

私はひと口飲んだ。今夜はやや緊張しているけれど、ビールの味は分かる。美味しい。彼はグラスの半分程を飲み干した。そして二人は八寸に箸を付けた。

「お魚もこんな風に切って並べると美味しさが増しますね」

「何か分かりますか?」

「光ものですよね。でも何かは分かりません。いろいろな料理に挑戦はしますが、魚料理は余りしません」

「どうしてですか。あの商店街には魚屋が六軒もあります」

「ええ。毎朝新鮮なものが入っています。お昼の休憩時間に買って直ぐ捌けばお刺身も酢の物もできるでしょうが、丸物を処理すると、手に魚の匂いが付くんです」

「なる程、お客には品物も釣銭も手渡しですからね」

「一度だけ、あれっ、と言われたのでそれに気が付いてからは、ちょっと控えるようにしています」

「これはコノシロと言い、小骨が多いのです。小振りのものをコハダと呼び、酢で〆て食べます」

「初めてですが美味しいです」

私たちはしばらくの間お寿司の話をした。

一本目のビールがなくなり、私は二本目を彼のグラスに注ぎ、自分のグラスにも足した。そして一口飲み、グラスを置いた。

「いよいよ本題に入りますか？」

「はい」

「結婚が決まったのですか？」

塩見はサラリと聞いた。

「いいえ。結婚ではありません」

「ええ？　では何だろう。契約内容にも関係がないのですか？」

「まったく関係ありません。実はちょっと相談に乗ってもらいたいことがあります」

「僕にできることですか？」

「できるかもしれませんし、できないかもしれません」

「えらく難しそうですね」

私は先ず友だちの春菜のことについて触れた。それからこれまで悩んできたことを素直に説明した。その上で自分の決心を述べた。

……

「うーん……」

塩見は絶句した。黙り込んでビールを一気に飲み干した。私は無言で彼のグラスに残りのビールを注いだ。彼はそのグラスも飲み干した。

「次は何を飲みますか。僕も同じものを飲みます」

「日本酒をお願いします。できれば冷たいのを」

塩見は後ろを向き、柱の側にあるチャイムのボタンを押し、冷酒と料理を持ってくるようにと言った。彼はしばらく下を向いていた。


程なく、食卓には豪華な懐石料理が並べられた。私は材料の種類の豊富さと繊細な工夫に目が奪われた。塩見が冷酒の栓を開け、私たちは又乾杯をした。

「そんな重い決心をしていたのですか。しかも自分一人で決めたのですね」

「私個人の問題ですから両親に相談したくはありません。春菜にも相談してはいません。私の戸籍謄本などを取り寄せなければならないと思います」

「ご両親はまだ健在なのでしょう？」

「はい、お陰さまで」

「ご両親は許してくれないでしょうね」

「話を持ち出せば絶対に反対すると思います」

「僕が君をそこまで追い込んでいるとは考えていませんでした。すべては僕の責任です」

「いいえ、これは私の決断です。塩見さんを責める気持ちはありません。本当です」

「僕は君の言葉を疑ってはいません。決断を尊重します。でも……」

「もうその話は止めましょう」

「そうですね。君の決心に驚き、冷静さを失ったようです」

「申し訳ありません。妙なお願いをしてしまいました」

「いえ、大人同士の話として受け止めます。ひょっとしてですが、この話は僕が君に精密検査を勧めた時から悩んでいたことですか？」

「正直に言うと、あの時はドキッとしました。全部が全部今回のことと関係してはいません。一部だけです。塩見さんに気取られないようにしたつもりでしたが、私の態度は不自然だったんですね」

「何となく妙でした。だから病気を心配したのです」

「でも私がこのことについて真剣に考え始めたのはその後からです」

「そうですか。それでもずいぶんと長い間君を悩ませてきたのですね」

「気にしないでください。やっと私が自立しようとしていると理解していただければ嬉しいです」

塩見は彼女が一回り大きくなったと思った。

「じゃあ決心は固いのですね」

「はい」

「君の気持ちに沿うようにできるだけのことはします。しかし今の話だと僕にどれだけのことができるかは分かりません」

「でも気分は楽になりました」

実際私は爽やかな気分になっていた。

「気持ちが楽になっても、要は実際にできるかできないかが問題です。その上僕は直接君を助けることはできません」

「何か助言をしていただければ助かります」

それが私の本心で、誇りを持って決めたことだ。

「言わずもがな、ですね。僕の会社には顧問弁護士がいます。商事専門の弁護士の他に民事や家庭問題に詳しい人もいるはずです。彼を通じて何とかできないか、いや、何とかできるように工夫させてみます。でも相当時間が掛かると思います。最低でも半年から一年くらいは返事を待って欲しい」

「法律が絡んでくる難しい問題だと思います。急いではいませんし、急いで進める理由もありません。時間を掛けてきちんと進めるべきことだと考えています」

「障害は多いでしょうが、本当にこの件を推し進めていいのですね？」

「はい。二言はありません」

「じゃあ何か分かり次第、逐次君に知らせます」

「ご迷惑をお掛けしますが、宜しくお願いします」

「じゃあ、これからは料理を楽しみましょう」

「はい」

まだこの先どうなるかは分からないものの、私は一つ肩の荷を降した。彼の立場を利用することに迷いはあったけれど、他に相談できる人はいない。この件については甘えさせてもらうことにしていた。

これまで彼にはいろいろな店に連れて行ってもらった。日本料理と言えば、お寿司やすき焼きやしゃぶしゃぶなどを食べているが、それも和風レストランのテーブル席だった。今夜の私は料理を堪能した。五年も寝かせたらしい珍しい日本酒も少し戴いた。充実した会食だった。

別れ際、塩見は、

「君は今度二十九歳になるのですよね。まだ若さが溢れているのにあれだけ重い決断をさせてしまったことを僕は忘れません」

その言葉を聞いた時、私の心はチクリと痛んだが、初めて彼と一対一の関係になったような気もしている。

十一年後、私は四十歳になった。塩見との契約を続けている。ただし定期検診については、双方合意の上で、半年に一度ではなく一年に一度としている。

いつもの会食があり、塩見は会社の人事異動について触れた。この人事は二週間前に発令されているので、私も概略は知っている。

重役会議では異論が出たらしいが、塩見は四代目の社長を親族ではない社員から抜擢した。それに加え、東南アジアの支社長を取締役に昇格させ、経営に参画させた。彼は新たに設置した海外担当取締役に就任したが、代表権はない。新社長はまだ四十六歳だ。塩見は六十五歳になっている。

「ずいぶんと若い方なのですね。私が塩見さんと初めて会った時くらいでしょう」

「僕は四十八でした」

「そうでした。海外への販路も増えているし、責任重大ですね」

「いや、これからは彼のような発想をしないとこの業界で生き残ることは難しい」

「でも塩見さんがそれだけの決心をされること自体、まだ社員を引っ張っていける証明ではないのですか？」

「問題はそこなんです。社員にまだやれると期待されるのは嬉しいことです。反面それは社員が私に頼ることになります。そうすると僕は僕のやり方が正しいと思い込んでしまうし、社員の発想も貧困になります。会社は生き物ですから、新鮮な血を通わせることが必要なんです」

「これからどうされるのですか？」

「僕の頭は新技術に追い付いていません。推薦入学制度を利用し、大学でもう一度機械工学を学ぶつもりです」

「学生になるのですか？」

「はい。そしてアジアの市場をさらに開拓するつもりです」

「それで海外担当取締役なんですね」

「ええ。ところで時間はたっぷりあるので旅行をしてみようと思っています。契約書には書いてないけれど、一緒にどうですか？　一泊二日程度の旅でも構いません。勿論強要はできませんが」

「本当ですか？　嬉しいです。もう平日に休むことができるのですね」

「はい。堂々と休めます」

「水曜日を絡めていただければ、有給休暇を取ります」

「有給休暇を取らせるというのは僕としては心苦しいですが、僕は君と一緒に少なくとも半期に一度は出掛けたい」

　私は考えた。最近になってのことだが、私たちは祝日が水曜日の時、飛行機で北海道などへ会食に出掛けたことがある。しかし十二時間以上一緒に時間を過ごしたことはない。

　十一年前、私は里親制度を利用し、男の子を養子にしようと考えた。しかし、いろいろな障害があった。里親になることを希望する者には同居人（配偶者）が必要だった。養子縁組ならと何とかなると考えたが、特別養子縁組の要件も満たさなかった。

最終的には民間施設を通じ、四歳の子供を見つけてもらった。その時から息子を育てたので、家庭裁判所が普通養子縁組の許可を出したのはついこの間のことだ。塩見と弁護士の力を借りなければ不可能なことだった。

家裁が考慮したかどうかは不明だが、養子を貰おうと決心して以来、私は商店街裏の公園掃除や花壇の整備に参加してきた。当時は姑息な手段を弄することに気が咎めていた。でも私は真剣だった。商店街や町内の人に私の存在を認めてもらうには、目に見える形で何かしなければならなかったからだ。それからの私は町内会の役員を歴任し、二年前には会長も務めた。

息子はもう高校二年生になっている。家で留守番をさせれば、返って喜ぶだろう。息子が小学生になった時、私には大切な人がいることを教えた。その人が誰なのかを知らせていないが、その人に会うためだと言って会合・会食に出掛けてきた。

「いつを予定されているのですか?」

「君が適当な日を選んで休暇願を会社に出してください。許可が出てから場所を決めましょう」

「分かりました」

その後私たちは国内や近場の海外へ小旅行をするようになった。

さらに十一年が経ち、塩見は胆嚢癌で旅立った。享年七十六歳。彼が入院する前、私はお見舞いに行かせて欲しいと頼んだ。彼は許してくれず、私は久し振りに彼の頑固さと気遣いを恨んだ。

塩見の葬儀は盛大だった。焼香の順番が来て、私はあの穏やかな笑みを浮かべた遺影の前に立った。写真は煙草屋での面接を彷彿させた。あれから三十年近い月日が流れている。私はしばらくの間手を合わせていた。

席に戻ると、夏川さんと若宮さんが声を掛けた。

「ずいぶん長いお焼香だったわね」

「だってこの会社に入る前、私は六十七社の就職試験に失敗していたの。それなのに会長は私を拾ってくれたのよ。だからお礼を言っていたの」

私がお礼を言ったのは事実だが、これで彼の顔を見ることは二度とないと自分に言い聞かせていた。親族や親しい友人であれば、四十九日にも新盆にも一周忌にも彼の法要に加わることができる。でも私に声が掛かることはない。彼のお墓がどこにあるかを調べれば、お花を手向け、お線香を焚くことはできる。そこまでしなくても、煙草屋の三階でお線香を焚いたり、陰膳を供えたりすることはできるが、彼の写真は一枚もない。

今の時代、誰もがいつでも写真を撮ることができる。しかし小旅行へ出掛けるようになってからも、私は彼と一緒に写っている写真が欲しいと思わなかった。彼も何も言わなかった。私もそれで良かったと思っている。

初七日が過ぎ、一通の封筒が煙草屋に届いた。会社の名前が印刷されている。

私は一瞬ドキッとした。会社が雇用終了を知らせる通知だと思った。私は遣る瀬無さを感じつつも、これで一つの重しが取れると思った。まだ定年前なので、ハローワークへ行けば何か仕事が見つかるだろう。

昼の休憩時間を待ち、私は二階に上がった。封筒には私宛ての封書があった。

美園さん

僕にはあなたを美園さんと呼びたい欲求がありました。でも僕はその欲求を封印していました。それを破ったのは二人で旅行をし始めた時からです。あなたは僕を本当に頑固者だと思っていたはずです。今でもそうでしょう。

あれはあなたと契約を結んでから数年が過ぎた頃でした。

会食中、あなたは僕に詰め寄り、なぜこんな契約を思い付いたのかと尋ねました。僕は自分の欲求に素直になりたいからだと答えました。実際僕はあなたのお陰で男としての欲求を満たしていました。

そして僕はあなたに我慢して欲しいと言い、契約を続けたいと言いました。僕は独善的でした。責任ある社会人としても失格でした。なぜなら今の自分があるのは、父と母に育てられたという重い現実があるからです。その恩を両親に返すためにできるのは、子供を育て、子供に両親とは何なのかを伝えることです。

僕自身の瑕《きず》はさて置き、あなたがいてくれたので、僕は会社経営に全精力を傾けることができました。一方的でしたが、常に話し相手がいるということに感謝していました。

美園さん。あなたを怒らせたくはないのですが、このまま旅立つのは潔くないので、僕はあなたに隠していたことを告白します。

実を言うと、あなたとの契約の前、僕は同じような契約を他の二人の女性と結んでいました。彼女たちには塩見商店時代からの本屋を順次任せました。

最初の女性は仕事が面倒だったらしく試用期間中に辞めました。二人目の女性は一年で去りました。彼女の場合、本屋の仕事が単調だと思い、僕が協力金の値上げに応じなかったからです。契約を解消してからしばらくの間、僕は不安でしたが、何の騒動もありませんでした。

あなたはあの二人とは違いました。よく考え、時間を掛けつつも、僕を受け入れようとしてくれました。

僕はあなたとの結婚を考えたことが二度ありました。最初は二人でフランデーを飲んだ時でした。僕より二十六歳も若いあなたを家に入れれば、肩身の狭い思いをさせ、余計な苦労をさせるのは必定だと考え、契約に固執しました。次はあなたが養子を取りたいと言った時でした。あなたに子供を産んでもらうという選択肢もありました。しかし父親を意識することにより、目を曇らせてしまうことを恐れました。そうした判断の根底にあったのは、僕を受け入れてくれているあなたへの甘えでした。

養子の話以降、僕は毎月三度の会合を欠かさないように心掛けました。論理的ではありませんが、あなたが歩むべき道を誤らせたことに対し、僕の気持ちが変わらないことを伝えたかったからです。

僕はもう直ぐあなたの側を離れます。あなたとの歳の差だけはどうしても克服できません。

僕はあなたが定年まで無事に勤められることを祈っています。希望されるなら、嘱託として六十五歳まで勤めてください。僕が言うのは筋違いですが、息子さんが家庭を持たれ、お孫さんの面倒を看られることを願っています。

ありがとう、美園さん。

〇〇〇〇年〇〇月〇〇日

土方美園様

塩見典明

私は手紙を二度読んだ。塩見の人となりが改めて分かる文面だった。気になったのは塩見が私と同じ契約を二人の女性と結んでいたことだ。しかし彼の行為を情けないとは思わない。あの頃の彼は自分の体を持て余していたからだ。

彼が書いていた甘えについては、私も同じだった。ただし、その甘えにより私の目が曇っていたことが悔やまれる。私は彼が病魔に取り付かれていたことに中々気が付かなかった。今となっては取り返しがつかないけれど、定期検診こそ歳を経るに連れ、増やすべきもので、減らすべきではなかった。妻でもなく、普通の愛人でもないという意識に安住し過ぎ、塩見に対する責任を等閑《なおざり》にしてしまった。小旅行で誰にも気兼ねなく彼と過ごす時間を、やっと訪れた春のように思い、盲目になっていた。妙だなと思い始めたのは彼に黄疸が目立つようになってからだ。

病名がハッキリした後、塩見は最初の会合でその性質や余命について逐一私に説明してくれた。私は無理を承知の上で看病したいと言ったが、彼は受け入れてくれなかった。

一回目の退院の後、塩見は煙草屋へ電話を掛けてくれ、契約はまだ生きているよ、と言った。私は彼と一緒に二日間出掛けた。無理をさせてはいけないと思いつつも、彼が私を必要としているなら、彼の誘いを断ったことを後で悔やみたくはなかった。

その三週間後、彼は再度入院した。私は社員として面会に行こうと思った。水曜日の昼過ぎ、着替えをし、煙草屋の玄関まで出た。シャッターを上げ、下した途端、足が動かなくなった。しばらく店の前にいたが、そのまま二階へ上がった。

塩見が亡くなる数日前、煙草屋に電話があった。受話器を取ったが、無言のまま数秒後に切れた。あれは彼からだったような気がする。もし彼がひと言でもふた言でも話してくれたなら、私は半狂乱になり、病院へ駆けつけただろう。彼は迷いつつも自制したに違いない。

そんなことを思い出しながら手紙を封筒に入れようとした時、私は手紙の日付に気が付いた。それは彼が亡くなる二カ月も前だった。彼らしいと思った途端、涙が止まらなくなった。


台所の掛け時計が一時半を打ち、私は我に返った。

もうどう手を伸ばしても、彼に触れることはできない。そう思って部屋の中を見たら、ぼんやりとした視界の向こうに茶封筒が見えてきた。それには協力金が入っている。彼が最後に入院した直後に郵送されてきた。以前ならすぐ箪笥の奥に入れていたけれど、何となくそんな気分にはなれず、食器棚の側に置いたままだ。彼らしい気遣いが恨めしくなる。

私は昼ご飯を食べないまま店へ降りていった。


九年後、私は六十歳になり、定年を迎えた。

退職式が玄関ロビーで催された。三人の社員と私は前に出て並んだ。順番が来て、私は冷静に短い挨拶を

した。各々が五代目となる新社長から感謝状と花束を受け取った。彼が、

「長い間ご苦労様でした」

と言いながら私の手を力強く握り、二度三度と振った時だった。突然涙が溢れてきた。みんなは私が感極まったと思い、大きな拍手で慰めてくれる。あの手ではない、あの手とは違うと思えば思う程涙が出てくる。

それを見かねた息子が近づき、

「母さん、おめでとう」

と言って肩を叩いてくれた。嫁と二人の孫も側に来て、長女が私の手を引き、

「お祖母ちゃん、もう帰ろうよ」

と言った。

「ちょっと待ってね。これから乾杯があるから」

私は涙を拭いながら、みんなで中央テーブルまで移動した。参列者がそれぞれビールやジュースのグラスを持つと、新社長が音頭を取り、乾杯をした。

第二話　完

第三話　徒食

四月二十六日

「ピンポーン」

玄関チャイムが鳴り、私はハッとして食卓から立ち上がった。玄関の覗き穴から外を見ると、隣に住んでいる佐々木佳乃さんだ。

「お早うございます」

「お早う」

彼女は町内の回覧板を差し出した。この町内では回覧板をできるだけ手渡しすることが奨励されている。

「ありがとうございます」

「どう？　少しは落ち着いた？」

「ええ、まあ」

「これ、今朝炊いたばかりの筍ご飯なの。旬は過ぎているけれど、目に入ったからつい買っちゃった。夕ご飯にでも食べてね」

「初物です。今日は土曜日なのにお仕事ですか？」

「今日と明日は夕方までちょっと雑用があるの」

「いってらっしゃい」

私はついでに郵便受けから新聞を出し、台所に戻った。タッパーの蓋を取ると、筍ご飯は美味しそうだ。でも朝食をすでに済ませているのでお昼か夕方に回すことにした。

新聞はまだ読む気にはならない。テレビは付けっ放しだが、何となく見ていただけだ。白い皿にはクロワッサンの欠片《かけら》が落ち葉の切れ端のように残り、紅茶はすでに冷めている。

「フー」

私はため息を吐いた。佐々木さんが言ったように、平常心を取り戻しているつもりだが、頭の中がまだ整理されていない。母が帰って以来、朝も昼も夜も、ただ座っていることが多い。何も予定がないのだ。

四月九日

夫の健吾はいつもの時間に家を出たが、出張なので帰宅は十二日土曜の昼過ぎになる。ここ一年ほど彼は毎月二度くらい出張する。最初の頃、彼が家を空けると、夕方から夜に掛けては淋しかったが、朝はゆっくり起きられるので楽だった。最近は時間の制約がないことに慣れ、食料の買い出しに駅前まで足を伸ばし、ブティックを見て回ったり、洒落た喫茶店で休憩したりもしていた。

四月十一日

昼過ぎ、私は出掛ける準備を始めた。昨日映画を観てきたこともあり、健吾に対し少し後ろめたさを感じていたので、明日の夕食を豪華にするつもりだった。スペイン料理のパエリアに使うムール貝と彼が好きなチーズパイをデパートの地下食品売り場で買うためだ。

ハンドバッグの財布を確認し、玄関へ向かった時、電話が鳴った。

まだ昼食中の健吾からかと思いつつ、受話器を取ると、広島警察署だと言う。広島は今回の出張先だ。私は冷静に受け応えをしたつもりだった。彼が運び込まれた病院の名前と住所と電話番号を書き留め、念のため、交通課の担当者の名前と電話番号を控えた。しかし電話を切る頃には、脚が震え始め、受話器を置いた途端、床に座り込んだ。広島へ行かなければならないと思いつつも、携帯電話に気を取られていた女の運転手が……、という警察官の言葉が耳に響いていた。しばらくの間、見てもいない女や横断歩道のことをぼんやりと思い浮かべていた。

もう一度電話が鳴り、私は我に返った。健吾の部下の係長からだ。

「実は先程警察から電話があり」

と言い掛けたら、彼は、

「申し訳ありません。ご主人様が大変なことになってしまいました」

と言った。警察は彼が持っていた名刺を見て、横浜本社へも連絡していた。

やや焦っている口調の彼とは五分くらい話したと思う。広島へ同行するので、出掛ける用意をしてくださいと言われた。私はふらふらと立ち上がった。こんな時は印鑑が必要だろうと思い、認印とわずかな現金を台所の引き出しから出し、ハンドバッグに入れた。

係長はタクシーで迎えに来てくれた。銀行に寄るつもりだったが、すべて会社が負担しますと彼が言うので、私たちは羽田へ直行した。健吾は四十歳になったばかりだった。

広島への空路、私は事故があったことをまだ信じることができなかった。意味もなくベルトコンベアに載せられ、どこかへ無理やり連れていかれているという気分だった。私たちに子供はいない。避妊をしていたのではない。健吾の方に問題があった。彼が本当に亡くなったのなら、私は独り取り残されてしまう。警察から受けた報告だと、健吾は信号が青になった横断歩道を歩いていたので、過失は運転手にあるとのことだった。それにも拘らず、係長は何度か申し訳ございませんと繰り返して言った。私は何も答えなかったけれど、彼は課長だった健吾を尊敬しているような口振りだった。行く行くは健吾が部長になることを信じ、人事異動があっても再度彼の下で働きたかったと言った。そんな真摯な訴えも、私には響かなかった。

病院の霊安室に入ると、健吾は今まで見たことのない顔色をし、目を閉じていた。

「健吾、健吾なの?」

彼の両肩に手を掛け、私は思わず手を引いた。彼の体はドキッとする程冷たかった。私はそのまま意識を失った。

気が付いたら、私は廊下にある長椅子に寝かされていた。係長から事の顚末を聞き、私は再度自分が置かれた状況を理解した。しかしまだ夢を見ているようだった。係長が遺体の搬送や葬儀の日程について説明してくれた。葬儀場については私たちが住んでいるアパートの近くを選んでもらった。何度か本社と遣り取りをした後、人が動きやすいことを考慮し、通夜は明日の土曜日に執り行い、葬儀告別式は日曜日になった。

それから私は京都にある実家と茨城にある健吾の実家へも電話を入れた。彼の実家には弟の武志夫婦が住んでいる。彼の両親はすでに他界している。ぼんやりとしていたので、私は母にも武志にも何をどう話したのかを覚えていない。

四月十二日、十三日

通夜と告別式は滞りなく行われた。健吾の実家からは武志と親族ら十名が参列した。運転した女は葬儀に来なかった。二日前、私は係長を通じ、その女の葬儀への参列を拒否する旨を伝えていた。広島支店長代理によれば、あの女は警察での事情聴取の間、自分が不注意だったことを繰り返し謝罪していた。それは業務上過失致死を取り繕うものでしかなく、健吾本人や遺族への言葉はなかったらしい。そんな女の顔を見たくはなかった。実際、彼女も代理の者も香典を持ってきてはいない。その程度の女なのだ。

四月十四日

昼前、父がデパートの地下で豪華な弁当を三つ買ってアパートに来た。私のアパートには寝室が一つしかなく、布団の余分もないので、父は会社が手配してくれたホテルに泊まっていた。葬儀疲れもあり、私たちは何となくテレビを見ながら、静かに弁当を食べ始めた。

「春恵、気持ちが落ち着いてから考えることだけれど、家に戻ってきてもいいんだぞ」

「そうね。こっちには親しかった同級生もいないわ」

「お父さん、まだ四十九日さえ済んでいないし、新盆もあるんですよ。直ぐここを引き払ったら、中条さんに対し無作法ですからね」

「僕だって分かっているよ。いつでも帰るところがあると言いたいだけだ」

「四十九日には水戸まで行くのよね」

「武志さんと話し、健吾のお父さんのお墓に入れて貰うことになったから、少し遠いけれど一緒に来てね」

「勿論よ」

「それはそうと、僕はホテルをもう引き払ってきたから、今度会社へ挨拶に行く時、みなさんに宜しく言ってくれ」

「じゃあお父さんは今日帰るの？」

「そうさせてくれるとありがたい。春恵に付き合ってとことん酒を飲むこともできないし、手持ち無沙汰で身の置き場がないんだ」

「お母さんはまだ一緒にいてくれるのよね」

「後はお母さんに任せる」

「お父さん、ご免ね。いろいろと心配を掛けて」

「お前の方がつらいのは分かっているんだが、僕は木偶《でく》の坊で何の役にも立たない」

「娘の男親は概してそんなものですよ」

「何かすることがあれば電話をしてくれ。直ぐ飛んで来る」

お茶を飲み終わった父が立ち上がった。

「そうだ。忘れるところだった。これを何かの足しにしてくれ」

父が背広のポケットから出した封筒を渡してくれた。

中にはお札が沢山入っている。

「葬儀の支払いは会社が済ませたわ」

「邪魔にはならないよ」

「ありがとう」

私は母とアパートの下まで降りて、力なく歩く父の後ろ姿を見送った。孫がいれば父はまだここに残ってくれたに違いない。そう思うと淋しさが又募ってくる。

部屋に戻り、私は健吾の不運と私の不幸を再度母に愚痴った。なぜあの事故が健吾に降り掛かったのか、なぜ横浜ではなく遠く離れている広島で災難が起こったのかを受け入れられない。天狗が彼の魂を持って行ったのなら、山頂にある一番高い木を探したいくらいだ。実際には携帯電話に気を取られた女が事故を起こした。しかしその女を罵《ののし》ろうとしても、会ったことがないので、実体が伴わない。

事故は市内の交差点で起こった。健吾の前に、母親に連れられた男の子がいて横断歩道を渡っていた。その子がぐずったらしく、母の手を振り切り、二三歩後戻りしてその場に座り込んだ。母親が立ちなさいと言った時、乗用車が健吾の対面から右折して来た。それを目にした健吾は男の子を庇うようにして体を投げ出し、転がった。車は健吾の腰に乗り上げ、二十メートルほど走って止まった。母親はすべてを見ていたが、動くことができず、「洋ちゃん」と叫んで男の子の側に駆け寄った。無事だった洋ちゃんを抱きすくめた後、彼女は健吾を見て顔をしかめた。腰から下が妙な形に捻じれていたからだ。それでも健吾はわずかながらも笑みを見せたという。

そんな説明を後で受けたけれど、私は何も理解できなかった。他人のために自分の身を犠牲にしたことすら、受け入れられなかった。

私の頭にあったのは、なぜか分からないけれど、どうすればあの事故を防ぐことができたのかだった。出張直前に私が貧血でも起こして病院に搬送されていれば、健吾が出掛けることはなかっただろう。仮に出掛けたとしても、出発が遅れただろう。会社で重要な案件が持ち上がり、出張が取り止めになったという不測の事態も想像した。行動予定が変更されていれば、あの横断歩道での事故自体が起こらなかった。

想像したことはもう一つある。事故が横浜で起きていれば、私は病院で健吾を看病することができた。最悪の事態が避けられないとしても、限られた時間の中で、私は彼と言葉を交わし、彼の手を握り、彼の名前を呼び続けることができた。実際にはすべてが自分の与《あずか》り知らないところで起きた。

ほんの数日前の朝、私は健吾が出張に出掛けるのを見送った。何度となく見てきたあの後ろ姿がまだ目に焼き付いている。戦時中ならまだしも、最近父や母の縁者でこんなことは起こっていない。それなのになぜ私だけが、と幾度も思ってしまう。

「ねえお母さん。お母さんが結婚した時は、お父さんにずっと養ってもらうと思っていたでしょう?」

「あの頃の結婚は永久就職と言われていたからね。共稼ぎもあったけれど、今みたいに女が外で働くことは珍しかったし」

「あの女がそれを奪ったのも許せないけれど、健吾だって一生私の面倒を看てくれるはずだったのよ。それなのに私を置き去りにするなんて許せない」

「春恵ちゃん。健吾さんだって意識があれば、自分の身を守るし、二人一緒の時に危ないことが起きれば、身を挺して春恵ちゃんを守るわよ。でも事故はあの女が一方的に起こしたの。健吾さんを責めてはいけません」

「出張の前日、私が入院すれば事故には遭わなかったはず」

「縁起でもないことを言わないでちょうだい。お父さんと私の立場はどうなるの?」

「キリスト教の結婚式だと、誓いの言葉は、〝健やかなる時も病める時もあなたを妻とし〟と誓うのよ。私が病気になったらもう独りよ」

「私たちがいます」

私は意味のない言葉を連ねていた。父が帰った今、母には思い付いたことを故意に口にした。

私はあえて健吾が身を挺して男の子の命を救ったことには触れなかった。私たちに子供はいない。それなのに他人の子供を、と考えることがつらかったからだ。母は通夜の前、健吾の行為を責めた。責めたとは言え、彼らしいわね、と言って涙ぐんでいた。父は泣かなかったけれど、その話を聞いた時、唇を噛み締めていた。

私たちは、ぐずる子供に対し、きちんと対応しなかった母親をなじりはしなかった。以前、実家の隣に若夫婦がいて、三人の子供を育てていた。時にはうちへ来て遊ぶこともあった。彼らの家には庭がなかったので、そこそこの広さがある庭で走り回っていた。私自身、高校から大学まで何度も三人の相手をしたことがある。一人が私に甘えると、必ず残りの二人も甘えようとした。私を取り合うのだ。それを子供らしいと思っていた。子供がすね始めると、親ではどうにもならないことがあり、逆に第三者の私たちが言うことを聞いてくれることもあった。そんな実体験があった。洋ちゃんと呼ばれた洋三君は三歳になったばかりらしい。どんな顔形をしているかは分からないが、私は隣の長男、啓一君を思い出していた。

しばらくして母が夕食の材料を買いに行こうと言った。私は引っ張られるように母に従い、少し離れたところにあるスーパーへ行った。そして母が作ってくれた夕食を食べた。いつも通り、母は調味料を計ることもなく、いくつかの料理を並べてくれた。

四月十五日

私の気分は昨日と同じだった。母が準備した朝食を済ませ、母が洗い物をする背中を眺めていた。母が帰る頃には立ち直るだろうから、それまでは娘として甘えるつもりだった。

片付けが一段落した。

「春恵ちゃん、昨日お父さんが会社のことをちょっと言ったでしょう」

「でも挨拶は初七日が過ぎてからでもいいんじゃないの？」

「それで思い出したのよ。直ぐしなければならないことがあるわ」

「何よ？」

「国民健康保険の加入よ」

「どうして？」

「健吾さんが十一日に亡くなって、死亡届は済ませたでしょう」

「そうしないと火葬ができなかったもの」

「今日は十五日よ。春恵ちゃんの健康保険証はもう使えないはずよ」

母の言葉に私は目を見張った。保険証が使えないなら、風邪を引いても怪我をしても、医療費は全額自己負担になってしまう。

「お父さんはもう国民健康保険に加入しているの？」

「お父さんの場合、二年間は会社の健康保険を継続できるみたい。だから退職前に継続手続きを済ませ、一年分の保険料を払ったわ」

「今までのように自動引き落としでいいんじゃないの？」

「一年分前払いをすると、割引があるからだって」

「じゃあ私も健吾の会社で継続できるのかしら」

「本人がいないのだからそれは無理でしょう」

「じゃあどうすればいいの？」

「区役所へ行って手続きをするのよ」

「そうか。これだけは早めにするべきよね」

「それに世帯主が変わるのだから、このアパートや銀行貯金の名義も書き換えなければ駄目よ」

「そう言えば、そうよね」

私は気乗りのしない返事をしたが、お金に関する限り、すべての名義が健吾の名前になっている。

「健吾さんには申し訳ないけれど、健吾さんの生命保険も請求できるわよ」

「早めに手続きをした方がいいんだろうけれど、面倒だわね」

「ついでに今ある証書などを全部出してみたらどうなの。名義変更手続きとなれば、同じ証明書が何通か必要になるでしょう。先ず区役所に行かなければならないんだから、住民票を何通かもらっておいた方がいいわ」


私は立ち上がり、居間に行った。机の引き出しにいくつかの書類の束があるからだ。私は台所に戻り、食器棚の引き出しから銀行通帳や印鑑なども出し、食卓に並べた。結婚した時に父が渡してくれた自分の通帳と印鑑もある。


その時、私は広島で加害者側の損害保険会社の担当者から名刺をもらっていたことを思い出した。まだその会社からの連絡はないが、保険金の請求ができるはずだ。私は当日持っていたハンドバッグをベッドルームから持ってきた。名刺は内側のポケットに入っていた。

「お母さん。交通事故の保険金もあるし、健吾の退職金もあるよね」

「会社が手続きをしてくれるはずだけれど、電話をするなら、厚生年金のことも聞きなさい」

「厚生年金って？」

「定年後は年金生活をするって言うじゃない。あの年金よ。健吾さんの厚生年金はもう払わないけれど、払った部分の一部は遺族年金として給付されるのじゃないかしら。春恵ちゃんの年金については、これからは自分で払わないと駄目よ。区役所で聞きなさい」

「ずいぶんと面倒なのね」

「ところで健吾さんの私物はどうなっているの？」

「私物って何よ？」

「会社に置いてある私物よ」

「そうか。部長さんに挨拶をしなければならないんだから、その時に引き取ってくるべきよね」

私の頭の中から靄が消えた。彼がいなくなった今、自分が動かなければ何も進まない。

「じゃあお母さん、ちょっと手伝って」

「何よ？」

「食卓の調味料とかを全部流しの横に置いてよ。ここで書類を整理するから」

私は再度居間に入り、ラップトップのパソコンを持ってきた。母を見ると、少し安心したような顔をしている。

「今からしなければならないことを書き出すから、そこにある証書などを見て、することを言ってよ」

「私が読み上げるの？」

「だってお母さんの方が良く知っているじゃない」

「はい、はい」

しばらくの間静かな遣り取りが続いた。私はパソコンのワード画面に、先ず会社、市役所、銀行、生命保険や損害保険会社などと項目を打ち込んでいった。連絡先の電話番号も書き加えた。住民票、戸籍謄本、印鑑証明書などの欄も作った。

三十分程で一覧表ができ上がった。

それから私は関係先に次々と電話を掛けた。

必要事項を書き込んだ一覧表が完成したら、すでにお昼を過ぎている。健吾の会社へは明日の朝、母と一緒に行くことにした。

私はこの時程母が側にいることを頼もしく思ったことはない。結婚するまでは、母や父にあれをして、これをして、と甘えていた。結婚してからも面倒なことは健吾に任せっぱなしだった。蛍光灯の取り換え、掛け時計の電池の交換、水栓の緩みの調節、換気扇の掃除などもだ。彼は手先が器用だったし、愚痴を言うこともなく何でもやってくれた。生命保険に加入した際も、説明を聞くのは彼だった。

私たちは着替えを済ませ、直ぐに出掛けた。遅くなったお昼ご飯を近くのファミリー・レストランで食べてから区役所に寄る。

いろいろな手続きをし、帰りには警察署に行き、健吾の運転免許証を返納した。


夕食後、母が言った。

「やっと食欲が出たわね」

母が目を細めている。昨日まではまだ食欲がなく、弁当や母が作ってくれた料理も多くを残していた。京風の味付けに懐かしさも覚えなかった。今日は頭も体も使ったので、お腹が空いていた。

四月十六日

私たちは十時過ぎに家を出た。先ず形だけの手土産を買い、健吾の会社へ行った。上司への挨拶と総務課での事務手続きを済ませた後、彼の机などを片付けたが、持ち帰るものはロッカーに置いたままの喪服とワイシャツと黒い靴だけだった。

これが彼の定年退職だったなら、私は定年退職式に参列し、彼の上司や部下に挨拶を済ませ、二人で会社を出る。玄関を出たら、彼は会社の建物を振り返って眺めるだろう。私は、〝明日の朝起きたら、健吾は先ずワイシャツを着るわよ〟と言い、〝そんなことはしないよ。目覚まし時計を掛けないから、目が覚めるまで寝るさ〟と彼が返事をする。それから二人で、お祝いの外食をする。

私はため息を吐きながら、母と一緒に警備員に会釈をして外に出た。

それから銀行や不動産会社などへも立ち寄った。四時過ぎ、懸案だった手続きは半分くらい終わった。

「後は郵送されてくる書類を返送するだけね」

「お母さんがいてくれたから本当に助かった。私一人だとまだボーっとしていたかもしれない」

「私も安心したわ。お父さんにもちゃんと報告できるし」

「お父さんは寂しがっているかしら？」

「ご飯はいい加減なものを食べていると思うわ。でも鬼の居ぬ間に洗濯じゃない」

「お母さん。私はもう大丈夫。だから帰ってもいいよ」

「本当にいいの？」

「大丈夫よ。私だって大人だし」

「いいのね？」

私は頷いた。

「じゃあ気が変わらないうちに知らせるわ」

母はその場で父に電話をし、明日の夕方には帰ると伝えた。私は母の耳元で父の声を聞いていた。父は、

「そうか、良かったな。でも僕はまだ不自由はしていないぞ。ゆっくりしてきたらいいじゃないか」

と言っていた。ただ、声はやや弾んでいた。

「じゃあ健吾さんのお花を買って帰りましょう。あの花はもう萎れかけているから」

「ねえお母さん、赤とかピンクのバラの花は駄目なの？」

「駄目ではないけれど、余り派手なのは止めた方がいいでしょう。ところで今日の夕ご飯は何が食べたいの？」

「ちょっと元気が出たからトンカツが食べたい」

「卵はあるから、お肉を買わなければね」

「ちょっと待って」

「何よ？」

「お母さんはもう疲れている？」

「大丈夫よ」

「お花を買ってこの喪服を置いたら、もう一度出ようよ」

「お昼も外食したのに、又出るの？」

「だってお母さんにはずっと三食作らせたでしょう。家に帰ったら又作るんだもの。今日はゆっくりしてちょうだい」

「あら嬉しいわ」

「何を食べたいの？　トンカツでなくてもいいのよ。家で作らないものを食べようよ」

「そうね。お父さんはエビチリが好きだから、本物を食べてみようかな」

「それなら中華街へ行こうよ。健吾と行ったお店はニラ饅頭も美味しかったから」

「神戸の中華街は行ったことがあるけれど、横浜にもあるのよね」

「決まりね」

私たちは百合と白菊を買って家に戻った。


私は健吾の靴を玄関に置き、彼の喪服を寝室のクロゼットへ掛けた。その間に母は花を取り換えてくれた。

「お母さん、喪服って他人のためにだけ使いたいよね」

「それが一番いいけれど、冠婚葬祭だけは誰も我が儘を言えないわ」

私はハンドバッグの財布の中身を確認し、母と一緒に外へ出た。今日はずいぶんと歩いたので、タクシーで中華街まで行く。

四月十七日

午後になり、私たちは家を出た。私は新横浜駅で駅弁などを買い、母を見送った。

家に戻ると、保険会社などから封筒が届いている。まだ気が張っているので、細々《こまごま》とした書類を読み、申請書や請求書に記入し始めた。

ハッと気が付いたら、外は薄暗くなっている。私は机に突っ伏したまま転寝《うたたね》をしていた。もう夕ご飯の時間だと思った時、電話が鳴った。

「春恵」

「お父さん」

「今、お母さんが帰ってきた。駅弁と焼売まで買ってくれたんだな。ありがとう」

「お母さんには昨日も一昨日もいろいろと手伝ってもらったの。家に帰って又料理をするとなると疲れるでしょう。だから今日はそれを夕ご飯にしてちょうだい」

「勿論だ。焼売でビールを飲むぞ。ありがとう」

「お母さんにも宜しくね。いろいろと本当にありがとう。助かったわ」

「お母さんは今着替え中だ。又後で電話をするだろう。じゃあな」

父との会話は用件だけなのでいつも短い。

台所に戻って申請書などを見ると、記入は全部済ませている。ホッとしつつも、又健吾を責めたくなった。

〝事故がなければ、しなくてもいいことばかりしてきたのよ〟、と。

私は居間に入った。

目の前位には仏式の後飾り壇が置かれている。上段に遺骨と内位牌、下段に健吾の写真を真ん中にして、手前から左右に香炉と燭台と花立ての三具足と鈴が置いてある。具足や白布の真新しさと内位牌の木目の白さにはいまだに違和感を覚えている。

「健吾、お父さんは京都に帰って来いと言っているけれど、どうしようか」

写真は何も応えない。このアパートを引き払い、実家に帰れば、気が紛れるだろうし、私はもう一度母の子供になることができる。生活に必要な家具は実家に揃っているので、持ち帰るのは服とパソコンと自分用のテレビと小物が少しくらいだ。連れて帰る子供はいない……。

私は立ち上がり、自分用に買った焼売を温めることにした。しかし今日のお昼までのような食欲は消え失せている。

四月十八日

私は朝からずっと何もしなかった。新聞に目を通し、テレビを眺めていた。

四月十九日

午後三時近く、玄関チャイムが鳴った。佳乃さんだ。

「今日は土曜日なので、ちょっと力を入れて作ったら、多過ぎちゃったのよ。食べてもらうと助かるわ」

「ありがとうございます」

「お母さんはお帰りになったけれど、大丈夫?」

母は帰京する前夜、私と一緒に彼女にお礼の挨拶をしていた。

「ええ、何とかやっています」

彼女はちらし寿司を届けただけで帰って行った。

佳乃さんは私より十歳くらい年上だ。気さくだし、女同士でもあり、少し立ち話をするだけの付き合いを十年くらいしている。それ以上のことは今までなかった。ところが私たちの関係は通夜の時から少し近くなった。

今住んでいるアパートは昔の東海道保土谷宿の側にあり、小路が多い町にある。大きな土地を所有していた人は少なく、何代にもわたって住んでいる人が沢山いるようで、小さな商店街が三カ所もある。そんな歴史があるからだろう。ここではまだ相互扶助の意識が高い。住民が亡くなると、わずかな弔慰金が出る。さらに住民の葬儀が町内で行われる時には、町内会から手伝い二人を出している。私自身、三年前には第二十一班の班長として会葬お礼を渡す役目を二度果たしていた。今回は偶然佳乃さんに順番が回り、私は通夜の時から彼女にお世話になっていた。

私は台所に戻り、お寿司を見た。海老や烏賊や鮪が入っている。綺麗な錦糸卵も載せてある。彼女の気遣いがあっても、私の気分はまだ落ち込んでいる。

四月二十六日

私は冷たくなっている紅茶を飲み干した。ベランダのプランターから摘んできたペパーミントの葉を入れているので、爽やかな香りはかすかに残っている。

私はこの前佳乃さんが持ってきてくれたチラシ寿司のタッパーを返していない。何かお礼をしなければいけないと思っているうちに、又筍ご飯までもらった。義理を欠いているだけでなく、彼女にも甘えている。

このままではいけないと思うのだが、体が動かない。ダラダラしているうちに夕方になった。

私は台所に入り、お湯を沸かして、インスタントの味噌汁のパックを出した。母が買い置きしてくれたものだ。ついでに冷蔵庫から母が買ってくれた梅干を出した。

電子レンジで温めた炊き込みご飯を食べ始めた私は驚いた。山椒の葉が微かに香り、同時にピリッと舌を刺激する。筍のシャキッとした歯応えの中に甘味がある。小さく切った鶏の腿肉は柔らかく、銀杏の独特の苦さが風味を加えている。何と言ってもご飯自体が噛めば噛む程美味しい。

私は炊き込みご飯を堪能した。充実した夕食は母が作ってくれて以来久し振りだ。

母の顔と声を思い出した私は、電話をしたくなり、居間に入った。受話器を取った途端、先ずお礼を言うべきは、佳乃さんに対してだということに気が付いた。時計を見ると、七時を回っている。彼女はもう帰っているだろうが、ただありがとうと言って二つのタッパーを返すわけにはいかない。今度は何かお返しをしなければならない。

手作りのものを二度ももらっているので、手作りのものを返したい。しばらく頭を絞ったけれど、パッと思い付くものがない。

何度か作っているクッキーを焼こうと思った。でもクッキーは止めた。特に美味しいクッキーなら自分でも五つくらいは食べるけれど、お礼として渡すにはと迷う。健吾にはバレンタインのチョコ・クッキーを作ったが、彼は三つ食べただけで、残りは自分で食べた。甘いのにほろ苦い経験をした。種類を多くしても、勿体ないと思って食べるだけだと興醒めだし、佳乃さんにそんな思いをさせたくはない。

手作りに拘らないとすれば、花を贈ることもできる。これこそ上品な選択と思ったけれど、所詮花は買うもので、心を込めて買うとは言えない。

あれこれ考えた末、私はハンバーグを作ることにした。ハンバーグは何度も作ったことがあり、失敗しない。普通なら牛肉だけか牛肉と豚肉の合い挽きを使う。佳乃さんに肉の好き嫌いがあるかもしれないが、筍ご飯にも入っていた鶏肉なら大丈夫だ。

私は残りのご飯を冷蔵庫に入れ、少ない洗い物を片付けた。そして居間のパソコンの前に座った。インターネットで鶏肉ハンバーグと打ち込むと、最初のページにあるだけで十項目。画面上の種類を足すと百を超えるレシピがある。目ぼしいものを比較してみたけれど、大きな違いは四つだ。煮込みにするかしないかと、ハンバーグに掛けるソースを別に作るか、ケチャップを使うかだ。煮込みだと素材の美味しさがハッキリしなくなると思い、焼くだけのレシピを選んだ。ソースはあえて作らない。経験豊かな佳乃さんなら、先ずハンバークの味付けを確かめ、その上で必要なら自分の好みに合わせてケチャップを使ったりするだろう。レシピを検討していたら、鶏皮の挽き肉を少しと粗挽きの腿肉を使っているものがある。ハンバーグに弾力性を持たせるためらしい。私はそのレシピを選んだ。明日は念のために肉を三人分買い、その三分の一を先に作って試食すれば、味の微調整ができる。ハンバーグのことを考えていたら気分が軽くなった。

夕方からは充実した時間を過ごすことができたので、私は明日の買い物予定を頭に入れながら目を閉じた。

四月二十七日

私は六時ちょうどに目を覚ました。いつになくスッキリした気分だ。

私は筍ご飯の残りを朝食にし、ゆっくりと新聞に目を通した。時計を見ると、まだ七時前。お店が開くのは十時だ。私は少し考えた後、多くもない下着やパジャマに加え、枕カバーやシーツなどを外して洗濯をすることにした。こういう時は物事がてきぱき進む。掃除機を掛け、拭き掃除もした。

居間に入ったら、黒い花立てに活けた百合が黄ばみ、花弁や花粉が落ちている。白菊も同じだ。花弁を拾い、花立てを持って台所に戻ったけれど、代わりの花はない。黒い花立自体が貧相だし、雰囲気も暗い。私は花と花瓶も買うことにした。

十時前、私は家を出た。

駅前まで出ると、なぜか今日は人の流れや動きが余り気にならない。活気があると思う。

デパートの地下食品売り場では、お肉屋さんが鶏皮と腿肉のミンチをわざわざ作ってくれた。スーパーだとこんな無理は頼めない。近くのパン屋では全粒粉の食パンを一斤買った。

その後六階の花瓶売り場へ寄った。しばらくあれこれ手に取ってみたけれど、全体が乳白色でガラス製の花瓶が気に入った。臙脂の紐が模様になって花瓶に巻き付いている。高さは二十五センチ、足はなく、直径二十センチの胴が丸みを帯びたまま首のところでやや細くなり、首の上は五葉の花弁のように広がっている。値段は消費税を入れると二万円近いが、部屋を明るくしたいので買うことにした。

大きな荷物を持ち、私は三階と二階の洋服も見て回った。もう夏物があちらこちらに並んでいる。レースのプルオーバーや肩を出したシフォンブラウスなども目に付く。やや丈の短いチノパンツやレギンス風のパンツを穿いてみたくなり、手に取ったけれど、誰に見せ、誰と一緒に出掛けるのかと思った。その途端、買う意欲が失せた。こんな経験は初めてだ。

昼過ぎ、帰宅した私は早速調理に取り掛かった。ショウガ、白ネギ、卵を準備し、ミンチの半分を炒め、その残りと共にボールに入れ、片栗粉や塩胡椒を振り掛け、よく混ぜる。

完成したハンバーグの三分の一弱に小さくちぎったモッツァレラ・チーズを中に押し込み、オリーブオイルを入れたフライパンで焼き始めた。

時間を見計らって蓋を取ると、ハンバーグは盛り上がり、良い匂いがする。肉に箸を刺すと、透明な肉汁が出てきた。端っこを少し取って噛んでみると肉には弾力があり、塩胡椒もちょうどいい。口の中に広がった肉汁にピリリとしたショウガの香りと味が混じっている。

私は全粒粉の食パン二枚をオーブンで焼き、ハンバーグ・サンドにして食べた。結構ボリュームがあったけれど、外で動き回って来たので、全部食べることができた。

私は残りのハンバーグを二つに分け、ラップで包み、冷蔵庫に入れた。

後先になったけれど、今度は花瓶だ。私は花瓶を箱から出し、買ってきた二輪の牡丹を差した。真ん中の濃いピンクと周囲の薄いピンクが豪華で綺麗だ。祭壇に置いた花が大振りなので、健吾の大きな写真に負けていない。この方がいい。

それにしてもと思う。何度見ても、彼の写真に親しみを持てない。自分が選んだにも拘わらず、どこか何かが違う。彼は髪を頭の真ん中から左右に分けている。髪の量が多いので、スプレーを使い耳の近くをウエーブさせている。チタン・フレームの眼鏡は彼に似合っている。清潔感がある銀行員に見えるだろう、と彼は言っていた。それがいつも見ていた顔なのに、なぜか写真は他人のように見える。違和感の原因は、健吾が写真用の笑顔になっているからだろう。それに写真は一枚の紙切れで、写真立ての枠は黒い。

ベランダの洗濯物を取り込んで畳んだら、五時前になっている。もう直ぐ佳乃さんが帰ってくる。二日間のお出掛けで、彼女が夕食にお弁当を買って帰らないように祈りつつ、テレビを付けた。日曜の午後だと地上波ではドラマを放映していない。途中からだが、私は音量を少し落としてＣＳ放送の映画を観始めた。

しばらくしたら隣の玄関が閉まる音が聞こえた。私は冷蔵庫からタッパーを取り出し、佳乃さんのチャイムを鳴らした。

「昨日はご馳走様でした。筍も鶏肉も美味しかったです。これ、食べてもらえますか」

「あら、気を遣わなくても良かったのに。何なの？」

「鶏肉のハンバーグです。フライパンで焼くだけになっています」

「自家製なのね」

「はい。サンドイッチにされてもいいように全粒粉の食パンをタッパーに入れています」

「助かったわ。雑用で疲れたから、お弁当を買おうかどうしようかと迷い、結局簡単なものを作って食べることにしたのよ」

私は彼女の笑顔を見ながら少しドキドキして家に戻った。


今夜の夕食は牛乳と粉チーズを使うお米のリゾットに決めた。トマトとサニーレタスのサラダも付け足す。まだやる気が残っている。

意気込みに反し、リゾットはパッとしなかった。レシピ通りなのに何となく牛乳で煮込んだお粥でしかない。勿体ないので残さずに食べた。

四月二十八日

私は七時過ぎに目を覚ました。ゆっくりと着替えをし、パンと紅茶を準備した。その間も昨夜佳乃さんに渡したハンバーグのことが気になっている。

パンを食べていたら、玄関チャイムが鳴った。

「お早う」

「お早うございます」

「昨夜はありがとう。中に入っていたチーズのとろみも美味しかったわ。鶏肉でも上手くできるのね。今度作り方を教えて」

「ええ、本当ですか？　良かったです。後でレシピを書いておきます」

「これ、少しだけれど食べてちょうだい」

彼女がくれたビニール袋にはキウィが四つ入っている。

「お気を遣わせて済みません」

「沢山もらったから食べてくれると助かるの」

彼女はそのまま仕事に出掛けた。

玄関の戸を閉めた後、私はホッと胸を撫でおろした。


台所に戻った私はまだうきうきしながら新聞を手に取った。今日はいろいろな記事を比較的ていねいに読むことができる。社会面を読み終え、最後のテレビ欄を見始めた。代わり映えしない番組だと思い、新聞を置いた。

そうしたら食卓に置いてある醤油差しや塩や胡椒入れが目に入った。これらは毎日使っているけれど、その位置を変えることはない。ティッシュペーパーの箱も同じだ。自分が使うことのない残り三つの椅子が動くこともない。多くても五種類くらいしか使わない食器は食卓と流しと水切り籠を往復するだけだ。ヒンヤりとするような光景を意識し、又時計を気にしない生活に戻るような気がする。

私はため息を吐きながら、健吾がいた頃を思い出した。

平日は毎朝五時半に起き、朝食の支度をしていた。健吾を七時半に送り出した後は、食器を洗い、彼が読んだ新聞に目を通した。洗濯は二日に一度で、毎週月曜日には枕カバーからシーツや布団カバーまで洗った。シーツを交換した日の夜、彼はいつも気持ちがいいね、と言ってくれた。部屋の掃除は月曜日と金曜日の朝で、お風呂洗いは二日に一度だった。

ほぼ毎日食料品や日用品の買い物に出掛けた。その前に冷蔵庫を開け、健吾が好きな明太子や佃煮があるかどうかを確認し、足りないものを冷蔵庫の扉に張った紙切れに書いたりもした。彼には好き嫌いがなかったので、その日見つけた特売品を主菜にすることができた。食事の準備は五時からでも充分時間があった。出張を除くと、彼の帰宅は七時前だったからだ。

週末の朝は二人共七時近くまで寝ていた。ゆっくりとした朝食の後、季節が良い時には二人で散歩に出掛けたりもした。アパートには駐車場がなかったので、自家用車は買わなかった。ＣＤが掛けられるレンタカーを借り、遠出をしたことはある。

平日に限っては自分だけの時間が三時間から五時間くらいはあったはずだが、どう記憶を辿っても、時間を持て余したという気はしない。食卓に座ったままとか、居間にいてボーっとしてはいなかったつもりだ。健吾が好きな夕食などの献立をインターネットで検索もしていた。

私はこんな思い出をどうすればいいのだろう。一年、二年と時間が流れても、記憶が薄れることはないのだろうか。居間、寝室、台所、玄関にもまだ健吾の影を見ている。

洗面所には彼の髭剃り、歯ブラシ、整髪料、アフターシェーブローションが置いてある。彼は二種類の香水を使い分けていた。平日用が一つと週末用が一つ。二つ共まだ残っている。数日前、週末用の香水を手に取った。それを玄関と寝室にシュッと撒こうかと思った。香りが漂えばと思ったからだが、何だか惨めな気持ちになり、そのまま元の場所に戻した。

四六時中健吾のことが頭にありはしないけれど、彼がいない今の生活にはまったくメリハリがない。今日の日付と曜日を思い出そうとすれば、新聞を見るか、テレビを付けなければならない。偶然片付けていなかった昨日の新聞を手にすると、テレビの番組欄を見て、

「あら、このドラマは昨日観たわ」

と言ったりする。

一日は二十四時間。八時間眠ると、十六時間起きていることになる。三度の食事には以前の半分くらいしか時間を掛けない。掃除、洗濯、買い物は頻度が少ないので、平均すれば二時間程だろう。夜は出掛けない。従って一日に十二時間は何の予定もない。これが独り暮らしの現実だ。夫婦の片方を亡くした相手は、日々何をして暮らしているのだろう。生活時間をどう工夫しているのだろう。

私は居間に入り、パソコンでインターネット画面を出した。〝夫に先立たれた妻〟と入力した。あるアンケートに依れば、五人に三人以上の妻は、生活が〝楽になったと思う〟と答えている。つまり煩わしいことから解放されたという回答だ。ただし妻の年齢は高い。自分とは意識が異なる。

社会保険や遺族年金について説明している項目もある。これについてはすでに手続きを済ませているので、読まない。

悲しみをどう克服するかについては、〝一緒に死にたかった〟という嘆きがあれば、〝とにかくしばらくの間泣き続ければ、いずれ苦しさを忘れられる〟という提案もある。

もっと現実的な問題として、舅や姑との関係を続けるべきかどうかについて、体験談を書いているのもある。これも子供がいるかいないか、同居の有無で、対応は分かれる。

単純に〝配偶者が先立つのは、いずれ誰でもが迎える現実〟だと、突き放したような書き込みもある。

乗り掛かった船だと思い、私は、〝妻に先立たれた夫〟も調べた。

年金の減少など、経済的な問題については似たような項目がある。

死別の悲しみや苦しみについては、精神的に一番辛いのが夕方だという体験談がある。同年代の独身者と比べ、妻の死後一年以内に夫が自殺する率が、妻に比べ、六十六倍になるという報告や、寿命が三十パーセントも短くなるという報告もある。

夫婦生活が長いと、残された妻より残された夫が鬱病になる度合いの方が多い。これは家庭生活全般に亘り、夫が妻に頼っているからだろう。「おい、ちょっと」と呼び掛けても、返事はない。肌着や靴下がある場所は分かっているにしても、その他のものについては、家のどこを探せばいいのか分からない。買い物を含め、食事の準備にしても最初はみんなが戸惑っている。

なるほどね、と頷き、私は鬱病の診断と打ち込んだ。

自己診断の目安となっている項目は二つに分かれている。身体的な兆候としては、疲労や倦怠感、睡眠の乱れ、食欲不振、体の節々の痛みなどが出る。他方、精神面では、物事を悲観的に捉える、やる気が出ない、気分が重苦しい、不安になる、身嗜みなどを気にしない、となる。

私の睡眠に乱れはあるが、これは昼間ソファーで寝ることが多く、夜更かしをしてテレビで映画を観るからだ。食欲不振がなくはないけれど、買い物へ行く回数が減っているし、一緒に食べる相手がいないことが大きく影響している。まだ若いつもりなので身嗜みには少し気を付けたい。

いろいろと読み流していた私は、自分が部外者になっているような気がした。まだ鬱病ではないと思う。

私はパソコンを閉じ、ソファーに横になった。趣味でもあればと考えたが、私には趣味がない。母は時間を見つけては手編みをしていた。家族三人分のセーターやマフラーを秋口から編んだり、夏でもレースのベストなどを編んだりしていた。私は母の手仕事を眺めながら話をし、テレビを見ていたが、あんな手間が掛かることを学ぼうとは思わなかった。編み物が手のひら大になるまで一時間掛かるとすれば、ハンカチの大きさにするには九時間も掛かる。今思い出しても不思議だと思う。母はテレビドラマの流れを追い、私の話に相槌を打ち、適当な頃合いを見計らってお風呂のスイッチを入れたりしていた。

中学から高校三年生の秋まではバレーボール部に所属していたけれど、それ以後運動らしいことは何もしていない。健吾と夏の三浦海岸や逗子海岸に行った時でも、泳ぐ真似をしただけだ。結婚して以来、体形は変わっていないので、ジムへ行こうと考えたこともない。

小説を読み、映画を観るのは好きだが、そればかりの毎日は考えられない。健吾は音楽ＣＤを何枚も買っていたが、ＣＤを聴くだけというのも単調で、受け身の生活になる。

では仕事を見つければ、と思った。これにもまだ気が乗らない。私は専業主婦だった。独り身になってすぐ仕事を探し始めたら、隣近所ではまるで生活にあえいでいるように見えるだろう。見栄を張るようだが、まだそんなことはしたくない。

でも今日の予定は何もない。明日も明後日も予定はない。私はこのまま何もしないで過ごすのだろうか。

そう思うと気が滅入る。

私は家の中を整理しようかと思った。狭い家なので、片付けると言っても健吾が着ていた服とか、彼が読んでいた本や雑誌しか思いつかない。それらを処分すれば、洋服ダンスや衣装ケースや本棚はスッキリする。彼の靴を捨てれば、玄関のシューズボックスも広く使える。今そこまですると、祭壇の彼が私を睨むような気がする。

そんなことを考えていたら、突然お腹が痛くなった。これは生理だ。私たちには子供がいなかった。健吾とは三年前から人工授精のことを話し合っていた。私は彼より六つ年下だけれど、もう時間的に余裕がないので、今年こそはと二人で本気になったのが一月だった。ところが二月も三月も彼は出張で忙しかった。四月にはと話していたのに、事故が起こった。以前からもっと自分が本気になり、せめて去年妊娠していれば、彼の仕事の予定が変わっていたかもしれない。

私はトイレへ立った。

五月十一日

クロワッサンをオーブンで焼き、紅茶を準備し終わった時、電話が鳴った。

「もしもし?」

「春恵ちゃん。今日は健吾さんの月命日でしょう。だからちょっと声が聞きたかったの」

「もう一カ月になるのよね」

「今日は新しいお花を供えているのでしょう?」

「お花は一週間に一度取り換えることにしているけれど、昨日はお花屋さんで新しいのを買ってきたわ」

「どんな花をお供えしているの？」

「あの花立ては地味で小さいから新しいガラスの花瓶を買ったの。どっしりとしているし、臙脂と白が綺麗で上品よ。この前は牡丹で今は紫色のアネモネ」

「健吾さんは若かったし、その方がいいかもしれないわね」

「お母さんはいつも元気そうね。お父さんも元気なんでしょう？」

「この前の検査でコレステロール値が少し高かったので、朝はラジオ体操と散歩を始めたの。その後も結構忙しそうよ」

「再就職はしていないのに、何が忙しいの？」

「お庭のお世話」

「何よ、それ？」

「今まで朝顔や金鳳花や薔薇を植えていた場所があったでしょう。横浜から帰った後、お父さんがあそこを全部片付け、家庭菜園にしたの」

「植木も全部切ったの？」

「躑躅《つつじ》と山椒と南天の木は相当刈り込んだから小さくなっているけれどまだあるわ」

「お母さんはそれでいいの？　お花の方が綺麗でしょう」

「これは私の責任だけれど、花があっても実際には手を掛けなかったのよ。最初は咲いた花を玄関に飾っていたりしていたけれど、一旦飾り始めると、ずっと続けなくちゃ気が済まないし、毎日水を換えたり、花粉や花びらの掃除が面倒になっちゃって。だから玄関の花瓶はずいぶん前から物置に入れたまま」

「じゃあ花のところだけが菜園なのね」

「そう。お父さんは土を掘り返し、野菜用の土や肥料を足して苗床を作り、その周りを茶色いプラスチックの板で囲んでいるから、見栄えは良いわ」

「専用の土が必要だってこと？」

「野菜って基本は水を与え、太陽が照れば充分だと思っていたのよ。でも野菜にとっては根を張りやすいような土にするべきなんだって。だからお父さんは結構深く土を掘り返し、石ころを取り出していたわ」

「石ころがあったの？」

「大きいのがいくつも出てきたのよ。それにコンクリートの破片、ガラスの欠片、空き缶まで埋まっていたから驚いたわ」

「あの家は中古で買ったのよね。前に建てた人が埋めたってこと？」

「違うわよ。土地を造成した業者がいい加減だったってこと。土を沢山買ってきて入れたから、完璧な苗床ができたんだって」

「何を植えたの？」

「ミニトマトとキュウリとゴーヤと青紫蘇とガーデンレタスにオクラだったかな。種の袋には美味しそうな実が写っているけれど、どうなるかは後のお楽しみね」

「苗を買ったんじゃないの？　種から蒔くと面倒でしょう？」

「苗を買うと費用が嵩むのよ。種なら苗の二鉢分の値段で一袋買えるって」

「あのお父さんがそこまでやるなんて驚きだわ。家庭菜園っていろいろな道具が必要でしょう」

「それがね、道具は揃っているのよ」

「どうして？　お父さんは庭いじりなんてまったくしていなかったじゃない。定年になっても年寄りっぽく見えることはしないと言っていたし」

「健吾さんのお蔭よ」

「どういうこと？」

「春恵は知らなかったの？」

「何のことよ。ここはアパートだから彼だって庭いじりなんてしていないわよ。今ベランダにプランターを置いてペパーミントとスイートバジルとイタリアンパセリを育てているけれど、あれはみんな私が買ったものよ」

「それっていつ頃から？」

「もう今年で五年かな。健吾は、どうせ枯らせてしまうし、虫が付いたら汚いから止めろと言っていたの。私も上手くいくとは思っていなかったけれど、これが不思議にちゃんとできるのよ。笑っちゃうでしょう」

「じゃあ健吾さんは春恵のプランターを見て道具のことを思い付いたのかもしれないわね」

「だから？」

「二年前から健吾さんはお中元とお歳暮に家庭菜園用の道具を贈ってくれていたの」

「そう言えば少し前からお母さんのところへは自分で贈ると言っていたわ。でもお母さんがお礼の電話をくれた時は何も言わなかったじゃない」

「珍しいものをいただいたと言ったはず。でもさしむき使わないと思っていたから、素っ気ない言い方をしたのかもしれないわ。お父さんもその都度、興味がなさそうだったし」

「その日陰者だった道具が役立っているのね」

「葬儀の後三日間独りだったので倉庫を開けたんだって。それで開眼したみたい。私が戻った時は、庭が工事中だったわ。後でお父さんが買ったのは作業用の安全靴と長い脚立だけ」

「じゃあスコップとか鍬は勿論あるのね」

「長いのと小さい剪定鋏が一つずつあるし、移植ごて、麻縄、軍手、キュウリなどの蔓を絡ませる支柱や防虫網、散水用の伸びるホースと噴霧器まであるわ」

「長いホースはあったでしょう」

「水遣りには如雨露を二つ使っていたから、ホースはなかったの。それはそうと、健吾さんのお父さんはサラリーマンだったわよね」

「そう。でも健吾のお祖父ちゃんとお祖母ちゃんが畑で白菜とか大根を作っていたと聞いたことがある。独身時代には野菜を箱でもらい、同僚などに配ったと言っていたわ。彼って華奢な体つきで着こなしが上手だったでしょう?」

「そうね」

「だから野暮ったいことはしないと思っていたけれど、高校生の頃は畑仕事を手伝ったことがあるみたい。それに手が器用だったから、傘の骨が折れた時なんか、修理道具を買ってきて自分で直したりしていたの」

「若い人にしては珍しいわね」

「直せば使えるけれど、傘を広げた時、直しているのが見えるとみっともないわ」

「そのくらい我慢しなさいよ」

「傘と言えばね、彼って傘の柄に自分の名前を彫り込んだりするのよ。辛気臭いから、私はそれも嫌だった」

「まあ傘は置き忘れが多いし、消耗品みたいになっているけれど、物は大切にするべきで、お金を出せばいつでも買えると思うのは間違いよ」

「さっきの話だけれど、野菜用の土や肥料はお父さんが買ってきたのね」

「ああいうものは古いと駄目でしょう。だから健吾さんは送らなかったんだろうとお父さんが言っていた」

「いずれにしても健吾はお父さんの退職後を見越していたってことね」

私は電話を持ったまま、フーっとため息を吐いた。定年後の父のことについては気を利かせていた健吾も、自分の近い将来については見通せなかった。


そのため息を電話越しに聞いた静江は、話を健吾から逸らした。

「お父さんは変なのよ」

「何が？」

「退職前に年次休暇を三週間程二回に分けて取ったことは前に言ったわよね」

「二人で旅行に行ったんでしょう」

「一回目は良かったのよ。まだ寒い時期に沖縄へ行ったから、縮こまっていた体が伸びるなあ、と言って喜んでいたの。珍しい豚肉料理や泡盛を美味しい、旨いと言いながら堪能していたわ。それなのに月末に四国の高知へ行った時は変だったの」

「鰹のタタキや鮎の塩焼きには早過ぎたからでしょう」

「料理を食べても、坂本龍馬記念館に行っても何も愚痴は言っていないの。でも何となく仏頂面をしていたの」

「どうして？」

「私は旅行が好きだし、お父さんだって楽しんでいたと思っていたけれど、後で聞いたら、目的がないから嫌になったんだって」

「旅行っていろいろな名所を訪ねたり、地元の名物を食べたりするのが目的よ」

「それが普通よ。でも現役時代の旅行はお父さんにとって息抜きだったみたい。時間を遣り繰りして気分転換をする方便だったということ。この前は九州に行ったから、今度は東北にと目先を変えるのも、結局は英気を養うためだったのよ」

「いざ退職してしまうと、毎日が休暇なので目的がなくなるってこと？」

「そうみたい。じゃあどこかへ就職すればと私は思うの。でもお父さんは煩わしい仕事から解放されたかったようね。その代わりに開眼したのが庭いじりってこと」

「うちのプランターは水を遣るだけよ。家庭菜園と言っても、農家じゃないんだから、そんなに手は掛からないでしょう」

「それはそうだけれど、お父さんにとって大事なのは、毎日責任をもってすることを一つ決めたこと」

「今はそれでいいけれど、秋と冬になったら開店休業でしょう」

「本を読んでのことだけれど、もう一度苗床を作り、枠を作ってビニールを掛ける、と言っているわ。キャベツや大根や玉ネギができるんだって」

「やる気満々なんだ」

「まあいつまで続くかが問題だけれど、当面はそれで私も安心よ。ついでに聞くけれど、春恵はこれから何かしたいの？」

私はドキッとした。何もしていないし、何をする気にもならないので、日々の時間を持て余している。

「そうよね。お母さんにとっては私の方が問題なのよね」

「問題だなんて言っていないでしょう。ちょっと気に掛かっているだけよ」

「まだ何も考えていないの。気が抜けたままだけれど、健吾は仕事で出張することが多かったでしょう。彼が家にいないのは、ある意味で慣れているからまだ信じられないところがあるのよ」

「春恵の場合はそうかもしれないわね。お父さんには出張がなかったから、いつも家にいたでしょう。今は朝から晩までずっと家にいるから、私の方がちょっと息抜きをさせてよ、と言いたいくらい」

「まるで粗大ごみね」

「そうあからさまに言ってはいません」

「同じことよ。ねえ、お父さんは外でくしゃみをしているんじゃない？」

静江は受話器を持ったまま庭の方を見た。屈《かが》んでいる夫の姿が見える。

「大丈夫。まだ外にいるから」

「私もお父さんみたいに、何かすることを一つは見つけるべきよね」

「その方がいいわよ。お父さんはとにかく庭のことを気にしているの。あら、いないわと思ったら、庭に出てしゃがんでいたりするし、雨がひどく降り始めると、苗を調べに出るんだもの」

「どうして？」

「育ち始めた苗が倒れるからだって」

「ずいぶんと変わったわね」

「だから私としては気が楽になったわ」

「それはそうと、お母さんは佳乃さんのことを覚えている？」

「佳乃さん？」

「お隣の佐々木佳乃さん」

「あの物静かな人よね」

「この前筍の炊き込みご飯をもらったの」

「あら、もう時期じゃないでしょう」

「先月よ。佳乃さんはお母さんが帰った翌日か次の日にもちらし寿司をくれたの」

「あの人は独身よね」

「そう。だから余計に私のことを気に懸けてくれているみたい」

「都会の人は無愛想で無関心だと言うけれど、良かったわね」

「もらいっ放しだったので、この前は私がハンバーグを作ってお返しをしたの。そうしたらレシピを教えてと言われるくらい喜んでくれた」

静江は娘が明るい声になったのに気が付いた。

「手を掛けると心がこもったお返しになるものね。そういう人と仲良くしてくれれば安心だわ。お父さんにも言っておく。不義理をしちゃだめよ」

「はい、はい」

「ねえ、お父さんが喜ぶから、偶にはこっちに泊りに来なさいよ、春恵の部屋はあのままよ。掃除もしているんだからね」

「分かった」

「約束よ」

「はい、はい」

「ところで生活費の方は大丈夫よね？」

「退職金はもう振り込まれたし、この前通知が来ていたから、事故の保険金も入金されたはず。だから心配しないで」

「何か必要なら、いつでも言いなさいよ」

「ありがとう」

「じゃあ切るわね。まだ少しは若い女の独り暮らしなんだから、戸締まりを忘れては駄目よ」

「充分若いし、もう子供じゃないんだからね」

「あら、いつまでも私の子供には違いないでしょう」

「ありがとう。じゃあ切るわよ」

電話を切った後、私は穏やかな気分になった。親とはありがたいものだ。


台所に戻ると、食べようとしていたクロワッサンと紅茶がもう冷たくなっている。付けっ放しにしていたテレビでは朝のワイドショーが始まっている。話題は若い女性にも人気がある歌手と清楚な雰囲気の女優との結婚だ。私も彼の歌が好きなので、番組を見始めた。

司会者やゲストが口を揃えて羨ましいとか、悔しいと言っている。彼の歌を流し、彼女の演技力を紹介するなら意味はある。所詮他人事《ひとごと》なのにおしゃべりするだけなので、訴えるものがない。みんなに祝福され、華やかな式を挙げても、芸能界での離婚は珍しくない。これから先どうなるかは本人同士の問題だけれど、突発的なことが起こる可能性は誰にも排除できない。芸能人は家にいるより全国を回ることが多い。

次の話題は自分でデザインをしたＴシャツを売り出した売れっ子モデルのことだ。その商品が可愛いとか、絶対欲しいとか言われても、自分には今一ピンと来ない。Tシャツはどんな色にしてどんなロゴを入れてもTシャツに過ぎない。私より若い彼女の仲間になろうとは思わない。

勝手気ままにしゃべる司会者やゲストの軽さが鼻に付き、私は次第に苛々してきた。チャンネルを変え、BSやCS放送にしても、面白そうな番組がない。

せっかく母からの電話で気分が好くなったのにと思いつつ、紅茶に手を伸ばしたら、手が滑って茶碗が床に落ちた。私はテレビに八つ当たりする愚かさを反省しながら割れた破片を片付けた。

気を取り直そうと私は居間に入り、パソコンの前に座った。インターネットを開くと、画面の両サイドに大きな広告が出ている。春夏物衣料のバーゲンセールだ。洋服も見せる相手がいなければねと思った途端、二週間前にデパートで買うのを止めたチノパンツとシフォンブラウスを思い出した。パンツやブラウスは多過ぎると思ったことがない。今日はどれにしようかと考えるだけで楽しい。

健吾と暮らしていた時、金額が張らない服や靴は自分の判断で買っていた。少し高めのものになると、三度に二度は諦めていた。どうしても欲しくなれば彼に相談した。値段を聞くと彼は無頓着に、買えばいいじゃないと言ってくれた。そうすると主婦としての自覚が首をもたげてくる。迷った後、その服を買うこともあったし、買わないこともあった。もうそんな制約はない。

私はあのデパートへ行くことにした。何か買って健吾の写真の前でその姿を見せ、悔しがらせたい。

五月十三日

私は突然思い立ち、実家に帰ることにした。葬儀以来いろいろと気を遣わせた両親に顔を見せるのも親孝行だ。理由はもう一つある。自分に兄弟姉妹はいないけれど、佳乃さんに姉のような親しみを覚え始めている。同性の気安さもあるが、まだ彼女とはそれ程親しくはない。誰かにすがるなら、今行くことができるのは実家だけだ。


私は玄関のチャイムを押した。

「はい、どちら様でしょう」

母が抑揚のない声で尋ねた。

「私よ」

「春恵ちゃん！」

「ピンポーン」

「まあ、どうしたの？」

ガチャリと玄関が開いた。

「ただいま」

「何よ。電話をしてくれればいいのに」

「いつも家にいると思ったからよ」

母が満面笑みを浮かべている。

「あら、そのワンピースは色が素敵ね」

「一昨日お母さんが電話をしてくれた後、デパートに行って買ったの」

「高かったでしょう」

「気分転換のためだけよ。だからそんなに高くはないわ」

「早くお父さんに知らせなきゃ」

　私は人差し指を口に当てた。

「何よ、どうしたの？」

「驚かせたいの。お父さんは家にいるんでしょう？」

「居間にいるわ。それにしても黄色が若々しくていいわね。バッグは私が二階に運ぶから、早くお父さんに顔を見せなさい」

「これはお土産」

　私は焼売とクッキーが入っている袋を母に渡し、居間へ行った。


「ただいま！」

「おう、どうしたんだ！」

　一瞬目を丸くした父がニヤリとした。

　しばらく話をしていたら、母がお盆に急須と湯飲み茶碗を二つ載せて入ってきた。

「お母さん、今夜は寿司にしよう。直ぐ出前を頼んでくれ」

「あら豪勢ね」

「いいじゃないか。お前も手が省けるだろう」

「上握りを三人前でいいんですね？」

「特上だよ、特上！」

「はい、はい」

「お母さん、特上なら牡丹海老も入るわよね？」

「入っていなければ頼んでおきます。お父さん、六時でいいですか？」

「今何時だ。五時十五分か。いいぞ」

　母は笑顔になって出て行った。

「じゃあお父さん、私は着替えをしてくるわ」

「何だ、その綺麗な服を脱ぐのか？　そのままでいいじゃないか」

「だって買ったばかりなの。お醤油の染みとか付けたくないわ」

「それもそうだな。着替えてこい」

　義春は娘の華やかな姿をもう少し見たいと思った。先日見たのは喪服とパッとしない普段着だけだ。

　私は両親からワンピースを褒められ、気分良く二階へ上がっていった。思い出してみると、この一カ月間は洋服のコーデなどまったく頭になかった。駅前に出掛けない限り、無頓着にジャージやジーンズで過ごし、スカートを穿くのさえ稀《まれ》だった。今回は新しいチノパンツも持ってきている。


　五時三十分、私は台所に入り、いつもの席に座った。周りを見渡すと、冷蔵庫や食器棚や流しも見慣れた光景だ。天井の蛍光灯は昔のままだが、アパートよりずいぶんと明るい感じがする。側で母が動き回り、父も座っているという懐かしさに加え、空気自体があちこちへ飛び跳ねているようだ。

　吸い物の準備を済ませた母は、碗と小皿を食卓に並べ、ビールのグラスを父の前に置いた。

「お父さん。これは春恵が持ってきた焼売よ。おつまみにするでしょう？」

「この前と同じ帆立入りだな。チンしてくれ」

私が立ち上がり、箱から出して焼売を電子レンジにセットした。小皿をもう二つ出し、みんなの前に置いた。私も食べたかったからだ。

「もうそろそろ出しましょうか?」

「そうしてくれ」

母が冷蔵庫からビールを出し、父に注いだ。

「折角だからみんなで乾杯しよう」

母がもう二つグラスを出し、父が二つのグラスにビールを注いでくれた。

「乾杯!」

「今日は旨いな」

「冷たくて美味しいわ」

母だけは何も言わずニコニコして飲んでいる。

「焼売も旨い。良かった、良かった」

みんなが焼売を一つずつ食べた時、玄関チャイムが鳴った。


母が寿司桶と小鉢三つを食卓に並べた。

「流石に老舗の寿司屋だな。ネタが大きく、一切れ、一切れが光っているぞ。赤ナマコの酢の物も付いているじゃないか」

「豪華ね」

「じゃあもう一度乾杯しよう」

母がもう一本ビールを出した。

「乾杯！」

「じゃあ食べるぞ」

父が鮪の赤身をつまみ、続いて私が牡丹海老に手を伸ばした。最後に母がアオリイカを取った。

「握り寿司は久し振りだわ。本当に美味しい」

「美味しいわね。それに手が掛からなくて楽だわ」

「春恵はいつまでいるんだ？」

「友だちにも会いたいので一週間程ゆっくりしようかな」

「そうか。じゃあ春恵にも草抜きを手伝ってもらおう」

「嫌よ。五月、六月は紫外線が強いし、爪が汚れるわ」

「軍手をすれば大丈夫だ」

「お父さん。ゆっくりさせてよ。私は気分転換に戻ってきたんだもの」

「いつもしないことをすることが気分転換になるんだ。体を動かすとお腹が空くからご飯も美味しいぞ」

「でもお父さんは毎日草抜きをしているんでしょう？」

「そうだよ」

「今朝もしたのよね」

「うん。ちょっとだけな」

「じゃあもう草はないでしょう」

「マンションやアパートのプランターとは違う」

「どう違うのよ?」

「狭い庭とは言え、雑草はどんどん生えてくる。草抜きは腰が痛くなるから適当に切り上げるんだ」

「もう歳だからでしょ」

「そうじゃない。しばらく屈むと、立ち上がって腰を伸ばす時が痛い。だから一カ所ずつ抜くようにしている」

「それを歳取ったと言うの」

父が天井をチラリと見た。

「お父さん、負けないで」

「私が全部抜いちゃったら、お父さんの仕事がなくなるわよ」

「いや、やることはまだある。ダンゴムシ、ナメクジ、カメムシなどを取って捨てている。虫は双葉や柔らかい本葉が大好きなんだ」

「虫にも生活が懸かっているということね」

「この前雨が降った後、三十匹もナメクジがいたから、みんな道路に投げてやった」

「あら残酷」

「こっちは真剣なんだ。お前にナメクジを取れとは言わないから、とにかく庭に出て、苗を見てくれ。みんな太陽の光を浴びて元気に育っている。キュウリの本葉は逞《たくま》しいぞ」

「お父さんも変われば変わるものね。まるで子供の世話をしているみたい」

「見ているだけで可愛いんだ。それが楽しい」

「お父さん。もうそのくらいにしておきなさいよ。春恵だって明日になれば手伝ってくれるわよ」

父が一瞬、あれっ、という表情を見せた。私は母と並んで食卓に座っている。母の方を見たけれど、母は何もなかったかのような顔をしている。

「まあ、そう信じておこう。明日は苗を間引くから、それを見せてやる。そうだ、お母さん、もう日本酒にしてくれ。ビールでお腹を一杯にしたくはない」

「お燗を付けるの？」

「冷酒がなかったかな？」

「お父さんはいつのことを言っているの？　普通のお酒しかありません」

「いや、ちょっと待て。退職した時、部下から高そうな酒を何本かもらっているはずだ」

「箱に入っているお酒は応接間の隅に置いたままです」

「じゃあ、僕が取ってくる」

「ご苦労さま」

「はい、はい」

父は立ち上がり、台所から出ていった。この時義春は内心ホッとしていた。苗の話が娘夫婦に子供ができなかったことと結び付かなかったからだ。

「お母さん。お父さんは毎晩お酒を飲んでいるの？」

「最近は飲まない日が多いわね。でも今日は特別よ」

母がニコリとする。私もまんざらではない。

「おい。あったぞ。しかも福島の純米大吟醸酒が三本に、宮城の酒が一升瓶で二本もある。大吟醸を持ってきたから、みんなで乾杯しよう」

「あら、あら」

今度は母が立ち上がった。食器棚からガラスの猪口を三つ出し、手早く洗ってみんなの前に置く。

「うーん。良い香りだ」

栓を開けた父は、先ず母と私に注ぎ、そして自分の猪口にも注いだ。

「乾杯！」

「柔らかい感じね」

「春恵にも分かるか？」

「今までは気付かなかったけれど、日本酒ってしっとりした旨味があるのね」

「そうだ。この酒は旨い。お母さんはどうだ」

「私はいつも飲ませてもらっていないから違いが分からないわ」

「そんな言い方をしないでくれよ。春恵に笑われるじゃないか」

「でも本当です」

「旨いものは旨いんだ」

「はい、はい」

「情けない味覚だな」

母が突然猪口をグッと飲み干し、

「もう一杯もらうわ」

と猪口を差し出した。

「本当に旨かったのか？」

「お父さんに飲ませるのはもったいないくらい美味しいわ。ねえ、春恵」

「そうよ。何て言うべきか分からないけれど、香りが上品だし、口当たりが好いわ」

「しまった。僕だけで飲めば良かった」

私は母と顔を見合わせて笑った。

「まあ、旨い寿司もあるんだし、もう一回乾杯しよう」

父はみんなの猪口に酒を注いだ。


「それはそうと、四十九日が過ぎたら直ぐに六月よ。お中元を手配する時期になるけれど、春恵はどうするつもりなの？」

「そうか。去年の冬まではお仲人さんや課長とお世話になった人に贈っていたけれど、今回も同じようにする方がいいのかしら？」

「一応礼儀を尽くした方がいいわね。お歳暮までは必要ないと思うから、お手紙を付けて贈ったらどう？」

「健吾の弟には今まで何もしていなかったけれど、こっちも贈るべきよね」

「あちらのお墓に入れてもらうのだからね。他には誰かいるの？」

「健吾は学校の先生にも季節の挨拶をしていたけれど、私が知っているのは一人だけ。他の先生には会ったことがないわ。葬儀が済んだ後、会葬者の名簿や弔電を見て、名前を思い出したくらい」

「まさか担任だった先生全員じゃないんだろう？」

「私はする必要はないと言っていたのよ。だって毎年二回ずつ四人分よ。でも一旦始めたものは止められないから、ボーナスの時に彼のお小遣いを少し削ったの」

「律儀だな」

「全部で四人」

「春恵も結構厳しくやるね。お母さんに似てきたな」

「私はそんなことをしてはいません。ところで四人って、誰なの？」

「小学校三、四年生の時に担任だった国語の先生と中学校の剣道部の先生。高校は歴史の先生で、大学の時はゼミの講師をしていた先生」

「彼の性格を表しているみたいだな」

「やはり今回だけは贈るべきよね」

「その一回で充分だ」

「健吾って面白いのよ。実家に帰った時は、モテモテだったの」

「その先生たちと一緒に飲みに行ったりしていたのか？」

「挨拶の電話を掛けると、必ず誘われて飲みに出ていたわ」

「春恵も一緒に行ったのよね？」

「私は彼の実家でお留守番と言うか、水戸駅前の芸術館やショッピングモールをぶらぶらしていた」

「どうして一緒に行かないの？　健吾さんが誘ってくれなかったの？」

「健吾も誘ってくれたし、先生も一緒にいらっしゃいと言っていたわ。でも私が断ったの」

「なぜ断ったんだ？」

「お邪魔虫にはなりたくなかったからよ」

「まあ、それはそれで賢明だな」

「でもね、国語の先生は女なの。お家にも呼ばれているし、二人で焼肉屋にも行っているわ」

「その先生のお家でもご飯をいただいたってこと？　まさか変な関係じゃなかったんでしょうね？」

「健吾のことをすごく気に入っていて、いろいろと激励してくれていたみたい」

「本当にそれだけだったの？」

「そう言われても私には分からないわ」

「春恵。そういうところはきちんとしなければ駄目よ。それが夫婦喧嘩の原因になっていたんじゃないの？」

母の表情と声は真剣だ。

私は笑い出したいのを堪えて言った。

「実を言うとね、健吾のお母さんもその先生に習っていたの」

「じゃあ相当な年だな」

「もう八十歳くらい。葬儀の時、ちょっと長い弔電が読まれたでしょう。あれは私が司会の人に頼んでいたからよ」

「そういう事情があったからか」

「お母さん、安心した？」

「親をからかうもんじゃありませんよ」

「はっはっは！」

大笑いする父を睨《にら》み、母が猪口を突き出した。

三人が囲む食卓には穏やかな時間が流れている。

お風呂を済ませた私は自分の部屋に戻り、久し振りに自分のベッドに横になった。まるで十年前に戻ったようだ。

三人で夕食を囲むことが多かった。あの頃私は製薬会社で経理の仕事を担当していたので、セクハラまがいの言動をする上司や、仕事が遅い同僚のことを愚痴っていた。流行の服や、面白いテレビドラマも話題にしていた。食事後も、自分の部屋に閉じこもることはなかった。それは居間だけでなく台所にもテレビが置いてあったからだ。寝る時には付き合い始めていた健吾のことを思い浮かべたりもしていた。彼が横浜本社から京都支社へ転勤して来ていることは知っていたけれど、そのことは気にしていなかった。

父はカメラなどを作る会社の工場で働いていた。製作機器の点検を担当していたせいか、家では晩酌を欠かさなかった。

母は、ちびちびとウィスキーの水割りを飲む父の相手はせず、さっさと食器を洗ってしまい、そのまま食卓でテレビを見ながらレース編みなどをしていた。父はいつの間にか居間へ行き、テレビでプロ野球や時代劇などを見たりしていた。

テレビの恋愛ドラマや推理ドラマでは、殆どの場合、家庭が複雑に描かれている。両親や兄弟姉妹が諍いをしたり、会社の派閥争いや上下関係に対する不満にも焦点が当てられたりしていた。

いわゆる世の中が上手くいかないことは知っているつもりだったが、当時の私が家庭について考えることはなかった。三人一緒にいることはまるで空気のように当然だと思っていた。

健吾を失った今、自分の立ち位置が崩れた。何もせず、何も言わず、何も見ないでいると、本当に自分がどこにいるのかが分からなくなる。その一方、不思議だと思うのは、ぼんやりとした感覚に身を任せているだけでも時間が過ぎていくことだ。ただし、その時間に充実感がない。

でもこうして寝ていると、自分は独りではないと思う。今は佳乃さんも私のことを気に掛けてくれている。今度は手作りのものを持って帰るわけにはいかない。気の利いたお菓子か京漬物を買って帰りたい。血の繋がりはないにしろ、彼女とはいつかゆっくり話をしたい。

五月十四日

朝食前、私は父に誘われ、庭へ出た。軒下を見ると、直径十センチ程の赤色、黄色、橙色、灰色黒色のビニール容器が、急拵《こしら》えの台の上に綺麗に並び、色別に苗が育っている。全部で五十あり、ミニトマトと青紫蘇が五つずつ、キュウリとオクラなどが十株ずつだ。容器を使うと虫の被害を防ぐことができるらしい。

私は父と一緒にキュウリの容器を菜園用の区画まで持っていった。そして父の真似をしながら、ビニール容器の苗を土へ移した。勿体ないなと思いつつ、容器の中で一番元気な苗を選び、残りは間引いた。

その後、父はズボンの後ろポケットからプラスチックの細い板を二枚出し、私に手渡した。見ると、「春恵」とマジックで書いてある。それを自分で移植した苗の側に立てろ、と言う。

「どうだ、いいだろう」

「これでキュウリが本当になればすごいわね。新鮮なのが食べられるし」

「本当になるさ。じゃあ、春恵は軒下に置いたままのガーデンレタスに水をやってくれ。ホースは使わず如雨露で端の方にていねいに掛けるんだぞ」

「いいわよ」

私が立ち上がろうとした途端、背中に激痛が走った。

「あっ、痛い！」

「どうした。釘でも踏んだのか？」

と言ったものの、父は私を見てニヤニヤしている。私はゆっくりと洋間の側まで戻り、如雨露に水を注いだ。

容器のガーデンレタスは華奢で小指の爪くらいの大きさだ。その上から水を掛けたら、葉が土に付くだろう。

「結構手間が掛かるのね」

「最初は失敗して葉っぱを水浸しにしたんだ。それが済んだら、ホースで山椒や南天の根元へも水をやってくれ。躑躅《つつじ》の花には水を掛けるな。花の色が薄くなり、斑が入って不細工になる」

「お父さんは何をするの？」

「ちょっとトイレに行ってくる。最近どうもトイレが近くなってな」

父はそそくさと家に入っていく。

水やりが終わった時、父が又出てきた。

「お父さん。あの山椒は実が成りかけているわね」

「六月になったら、半分くらい収穫する、残りは秋口だ。ついでだから、今日は去年採った山椒の粉を入れて、お母さんに麻婆豆腐でも作ってもらうか」

「麻婆豆腐って唐辛子じゃなくて山椒を入れるの？」

「四川料理だと山椒で辛みを出すらしい。お母さんがそう言っていた」

「山椒って、粉を鰻の蒲焼きに振り掛けるだけじゃないのね」

「甘辛い山椒味噌をご飯に乗せても美味いぞ。お母さんは料理の天才だ」

そんなことがあり、朝食になった。寝起きに体を動かしたので、ご飯が美味しい。

私は昼前に出掛けた。今日は高校時代の友だち二人と食事をすることになっている。

私たち三人は四時近くまでファミリー・レストランで話し続けた。二人共結婚していて、子供たちは小学校に通っている。二人は夫を亡くした私に同情しながら、自分の夫の性格や給料などに触れ、一様に貶《けな》したり愚痴を言ったりする。私が、〝愚痴を言える方がまだましだよ〟と言うと、〝まあ、そうだよね〟と口々に言い、楽しそうだった。

それから私の再婚話になり、二人は、高校の同級生に一度離婚経験がある男とか、まだ仕事一辺倒で独身の男がいるから紹介しようかと言ってくれた。彼女たちに悪気がないので、気分を害しはしない。ただ、二人の屈託のなさが羨ましい。口を突いて出る愚痴も生活の中のスパイスだろう。

その帰り道、私は何となく横浜に帰りたくなった。健吾が救った子供のことまで思い出した。妙なものだ。人が恋しくて帰省したのに、今度はそれを見聞きするのが煩わしくなっている。ここにいる限り、自分の部屋があり時間もあるし、台所や居間に行けば、いつでも母や父と話をすることができる。母の買い物や洗濯や掃除を手伝うのさえ、同じことをしていても会話があり刺激になる。それに食事時の賑やかさは捨てがたい。それでも気分が重くなった。

帰宅後、私は又賑やかな食卓を囲んだ。父が言った通り、今夜の夕食は母が作った麻婆豆腐だ。初鰹のたたきも並んでいる。昼にダラダラとパスタやデザートなどを食べているので、それ程食欲はなかったが、夕食には満足した。それから十時過ぎまで台所に座っていた。

五月十五日

私は気晴らしのために、母を誘って映画を観に行った。映画館では五本の映画を同時に掛けている。日本映画が三本、そのうちの一本は子供向けのアニメで、その他にアメリカ映画が二本だ。恋愛映画や文芸作品を避け、アメリカのサスペンス・コメディを観ることにした。そして私たちは大笑いをした。年の功があるので母は口を手で押さえて笑っていたが、私は何度か手を叩きながら爆笑した。

映画が終わり、母が手洗いへ行っている間、私は恋愛映画のポスターに目を留めていた。一組の男女が一度別れ、再会する物語らしい。どこかの森が遠景に写っているので、雰囲気が暗い。再会ならまだいい。永遠の別れは勘弁して欲しい。

そして洗面所から出てきた母に言った。

「お母さん。私、もう横浜に帰ろうかな」

「ずいぶんと早いわね。お父さんが淋しがるわよ」

「でも健吾を置き去りにしているような気がするの」

母も落胆しているような眼をしているが、あえて私を引き留めはしなかった。

帰途、母は肉屋に寄り、牛ロースを買った。今夜はすき焼きになる。

「春恵、もう準備ができたから、ビールのグラスを三つと冷酒用の猪口を一つ出してちょうだい」

「お母さん、私も日本酒が飲みたい」

「じゃあ二つ出しなさい」

「お母さんはいいの？」

「昨夜も大吟醸を一本開けたでしょう。四合瓶だから直ぐなくなるし、もう一本しか残っていないから、お父さんに飲ませるわ」

「美味しいお酒って、みんなで飲むから美味しいんじゃない。お母さんも飲もうよ」

「あんなに美味しそうに飲むんだから、お父さんに沢山飲ませたいの」

「あら、優しいのね」

「お父さんはお酒を飲むと上機嫌になるからよ。それを見ているだけで楽しいの」

「はい、はい」

それでも私はグラス三つと猪口も三つ出し、食卓に並べた。

「じゃあ、お父さんを呼んでくるわ」

私は居間にいる父に声を掛けた。


父は仲睦まじさの象徴になった大吟醸を手にして台所に入ってきた。

「春恵、もう帰るんだって？」

「このまま朝昼晩としっかりご飯を食べていたら、本当に太っちゃうわ。だからもう帰る」

「そんな理由はないだろう。食べる量を制限すればいいじゃないか」

「だってお母さんが作るとご飯がみんな美味しいんだもの」

「帰ったら体重はすぐ元に戻るさ」

「失礼ね。私の料理も美味しいの」

「それならいいが、年寄り二人残していくのは残酷だな」

「あら、お父さん。私はまだ還暦前で、お父さんより三つも若いんです。年寄りの仲間には入っていません」

「子供だと言っても紐は付けられないか」

私たちはいつも通りビールで乾杯をした。父は一気にビールを飲み干した。

「今日の肉は上等だな」

コレステロール値を気にし始めた父も、お肉の誘惑には勝てないようだ。

「春恵がいるからこそ毎日こんなに豪華な食事ができるし、酒も遠慮なく飲める。残念だな」

「何よ。それでもう少しゆっくりしろと言ったの？」

「それも理由の一つかな」

「そう言えばお父さん」

「何だ？」

「お祖母ちゃんがお元気だった頃、私たちが遊びに行って帰る時には必ず涙を流してくださったわね」

「ああ。あの年になると、又来るねと言っても、次がいつになるか分からない。これが見納めかもしれないと思ったからだろう」

「お祖母ちゃんって、お父さんのお母さんのこと？」

「春恵は知らないよ。僕のお祖母ちゃんだから」

「お祖母ちゃんはもう余りお話はされなかったけれど、いつも喜んでくださり、ニコニコしておられたの。

お父さんも明日の夜になったら、きっと泣いて自棄酒を飲むわよ」

「馬鹿！　僕もまだ若いんだ。娘が帰るからって、今生の別れになるんじゃない」

「そうかしら」

父は母を睨みながら、肉を一切れ摘まんで鍋に入れた。

「どんどん食べるぞ！」

鍋の中ではすでに葱と白滝の周りから割り下がグツグツと煮立っている。


その夜のことだ。

静江が寝室に入ると、義春はまだ起きている。

「あら、どうしたの？　居間では居眠りをしそうだったのに」

「風呂に入ったら目が覚めたんだ。寝られるだろうと思っているうちに、お母さんが妙な脈絡で話したお祖母ちゃんのことを思い出し、目が冴えてしまった」

「ごめんなさいね」

「いや、いいんだ」

「春恵が横浜へ帰ると言った時、お父さんが余りにも驚いてがっかりしていたでしょう。ふと頭に浮かんだのがお祖母ちゃんだったのよ」

映画から戻った時、静江は居間にいた夫に春恵が明日横浜に帰ることを告げた。義春は途端に顔を曇らせ、〝何かあったのか？〟と妻を問い詰めた。静江は娘と映画を楽しみ、大いに笑っていたので、〝健吾さんを独りにさせたくないと言っていたけれど〟と答えたが、夫は納得できない様子だった。

「お祖母ちゃんと言えばさ、飼い猫じゃなかったけれど、野良猫が三匹ご飯をもらいに来ていただろう」

「白いのと茶色と白黒のぶちだったわよね」

「その白黒の方がマルちゃんだ」

「そうそう。マルちゃんだった。マルちゃんが縁側にいたお祖母ちゃんの側で寝ていたのを覚えているわ」

「そのマルちゃんはお祖母ちゃんの葬儀があってから家に来なくなったらしい」

「他の猫ちゃんはどうだったの？」

「ミーちゃんとトラちゃんはその後も顔を出していた」

「あの子たちにとっては、遊んでもらうよりもご飯をもらう方が大事よね」

「僕もそう思う。お祖母ちゃんは猫じゃらしで遊ばせたりはせず、座っていただけなんだ。だから兄貴が不思議がっていた」

「大人の猫が親兄弟を意識するとは思えないけれど、マルちゃんはお祖母ちゃんを自分の身内だと思っていたのかしら」

「夜もお祖母ちゃんの側で寝たりしていたらしい」

「干渉されず、それでいて見守ってもらうだけで安心したのかも」

「そうなると、お祖母ちゃんもマルちゃんに相手をしてもらったことになるな。そのお祖母ちゃんの匂いがしなくなったから、寄り付かなくなったということか」

「お父さん。私が言い出したんだけれど、何だか縁起が悪そうだからこの話は止めましょうよ」

「うん、止めよう。しかし春恵もとんだ災難だったな。これから先のことについては何か言っているのか？」

「まだ一カ月ちょっとしか経っていないのよ。それに専業主婦だったから、まだ引き摺っているみたい」

「こっちへ戻ってくるつもりはないのか？　こっちで暮らせばアパートの家賃を払わなくても済む」

「保険金などがあるから生活費は当面気にならないみたい」

「そうは言っても独りにしておくのは心配だな。春恵が戻ってくれた方が安心だ」

「それって私たちの老後のことを言っているの？」

「老後を気に掛けてはいないよ。こっちにいれば土地勘もあるから、仕事だって見つけやすいし、再婚話もできる」

「私もそうしてくれたら嬉しいけれど、もう少し自分で考える時間があった方がいいかもしれないわ。でも再婚のことはまだ言わないでくださいね。四十九日も済んでいないんですから」

「そのくらい分かっているさ。昔の農家は人手を得るために嫁をもらっていたから、みんなすぐ再婚話を始めたもんだ。死に別れより生き別れが辛いと言っても、長く独り暮らしをさせたくはない」

「再婚なんて気持ちが整理できてから後のことです」

「でもな……」

「でも、何ですか？」

「僕の姉さんのことを覚えているかい？」

「私たちの結婚式の時は二人に来てもらいましたよね」

「そうだ。上の姉さんはあの時もう離婚していたが、割と近くに住んでいた。二番目の姉さんは結婚していたし、もう孫が二人もいる」

「お父さん、春恵には孫の話はしないんですよ」

「分かっているよ。上の姉さんはずっと独りなんだ」

「そう言えば、最近年賀状も来ていないわね」

「兄貴のところに電話があったのも二年くらい前が最後らしい。誰も今どこに住んでいるか知らない」

「春恵は大丈夫よ」

「僕もそう思うけれど、今日一緒に出掛けた時、お母さんは本当に何も気が付かなかったのか？」

「さっき言った通りですよ」

「今の時代、引きこもりとか鬱病もある。それも大丈夫なのか？」

「あーあ。お父さんもそのくらい私に気を遣ってくれると嬉しいけれど。娘となると別なのね」

「一人娘なんだから当たり前だよ」

「あの子は芯が強いところもあるから大丈夫です。それに私が時々顔を見に行きます。私も羽を伸ばしたいし」

「おい、それはないだろう。僕だって時間はあり余っている」

「お庭はどうするんですか？」

「そうか。水遣りがあるな。苦労して育てているのに、途中で放棄したら可哀そうだ。お隣に頼んでみようか」

静江は夫が真剣になっているので思わずクスリと笑った。

「何が可笑しいんだ？」

「お父さん、春恵には四十九日とお盆の法要でも会うんですよ。だから近々の話をしているんじゃありません」

「秋から冬のことか。それならいつでも大丈夫だ」

「でもまだ一件落着じゃありませんよ」

「なぜ？」

「春恵のアパートだと二人一緒には泊まれません」

「僕だけホテルに行くのは嫌だよ。何のために行くのか分からなくなる。僕なら居間のソファーでいいさ」

「腰が痛いとか言わないでくださいね」、

「一日二日くらい我慢するよ」

「本当に春恵には甘いのね」

「そうじゃない。気になるだけだ」

「はい、はい。もう電気を消しますよ」

「お休み」

「お休みなさい」

五月十六日

昼前、私は玄関に立った。

「じゃあ、来週は少し長旅になるけれど、お願いね」

「七月になったら、ミニトマトとキュウリを送ってやるからな」

「又帰っておいで」

静江は夫と共に玄関を出て門のところまで娘を送るつもりだった。しかし義春が突然声を掛けた。

「ちょっと待て、春恵！」

「何よ？」

「駅まで車で送ってやる」

「バス停は直ぐ側なんだからいいわよ。それに大きな荷物もないし」

「まあいいじゃないか。送ってやる」

「春恵。せっかくだからお父さんの言う通りにしなさいよ」

母はニコニコしている。

「何だか、変」

父は車の運転席の方に回り、母は門を開けに行く。


義春が見送りから戻って台所に入ると、静江が夫をジロジロと観察し、又ニコニコ顔になった。

「何だよ。泣いてなんかいないぞ」

「変なことを言わなかったでしょうね」

「勿論だよ」

「お昼ご飯はどうするの？　それともビールにしましょうか。おつまみはあるわよ」

食卓を見ると、刻んだ生姜が乗った冷奴とカッテージチーズにガーリックソルトを振り掛けた皿が置いてある。

「じゃあ、居間に運んでくれ。テレビを見ながら飲む。刑事ドラマでも見ながらゆっくりしよう」

何となく背を丸くした義春が台所を出ていった。

「もう少し後でざる蕎麦でも持っていきましょうか？」

「頼む」

午後四時過ぎ、私はアパートに戻った。新聞受けからぎゅうぎゅうになった新聞を取り出すと、郵便やチラシが床に落ちた。それを台所のテーブルに置くと、矢鱈とピンク色が目立つチラシが一枚混じっている。キャバクラとガールズバーの広告だ。落ち着いた感じの店内の様子が二枚の写真で紹介されている。夜数時間働けば、五千円から一万五千円の収入になり、在籍している女性はそれぞれ二十人と十人程だ。ガールズバーの制服は白いブラウスとミニスカートだ。

こんなチラシが入ったのは初めてのことだ。独り身になっているとは言え、キャバクラなどで働く気はない。資源ごみの袋に入れたが、私は少し不安になった。チラシがアパート八軒すべてに投げ込まれたなら問題はないけれど、女の一人住まいだけに入れられたなら、誰かに監視されていることになる。薄気味悪い。

お湯が沸き、私は実家から持ち帰った宇治茶を入れた。そして父が買ってくれた駅弁の包みを開けた。丹後牛のそぼろと焼いた鰆の西京漬けが入っている。茄子の柴漬けもある。柴漬けは自分でも二種類を二つずつ買ってきた。

七時前、佳乃さんが帰宅した。漬物を渡し、チラシのことを尋ねた。どうやら近所中に撒かれていたらしい。新聞など資源ごみを出すことになっている昨日の朝、ごみ集積所に同じチラシが数枚出ていたとのことだった。

五月二十四日

少し早目だけれど、私は健吾の四十九日の法要と納骨式を茨城県の水戸市で営んだ。参列したのは私の両親と中条家の親族と彼と親しかった友人だけだ。水戸は横浜から大分離れているので、私は事前に彼が勤めていた会社に連絡し、法要を内輪で済ませることを伝えていた。それでも健吾の部下の係長だけは出席してくれた。

法要と納骨は中条家の檀那寺で行われた。私はその場で導師にお布施と御膳料を渡し、武志が予約してくれた近所の料理屋へみんなと一緒に向かった。忌明けのお斎《とき》をいただく。

二十人程の参列者が着席し、料理と飲み物が揃った。私は喪主として立ち上がった。

「……。数年前、健吾のお父さんとお母さんが立て続けに旅立たれました。あの時はせめて平均寿命までは長生きをして欲しかったと思いました。なぜなら私たちの生活はやっと落ち着き、健吾が親ってありがたいな、と言うようになっていたからです。それなのに今私はここにいます。彼は何の言葉も残さず、四十歳で逝ってしまいました。

健吾は鷹揚な性格で、せっかちではありませんでした。でも彼の将来の扉は携帯電話に気を取られた運転手により、突然閉じられてしまったのです。少なくともお父様の年齢までは人生を楽しんで欲しかったと思います。

結婚生活に山があり谷があっても、それは世の常です。でもこんな形で私たち二人の生活に終止符が打たれたことには納得できません。私の心が許さないからです。あの運転手が交通刑務所に行ったにしても、刑期が終われば、彼女は元の生活に戻ることができます……」

ちょっと口籠《くちごも》ったら、母が私の手を握った。

「済みませんでした。せっかく忌明けを迎えたというのに、つい愚痴をこぼしてしまいました」

「お義姉さん、いいんですよ。厭なことをお腹に溜めておくのは良くないんだから、それでいいんです。みんな思いは同じです」

　武志が助け舟を出した。

「そうだ！」

「気にしないでもいいわよ」

　と言う声が続いた。

　私はハンカチで一旦目元を抑えた後、

「ありがとうございます。それではささやかな料理ですが、お時間が許す限りごゆっくりとお過ごしください。健吾の話などをお聞かせくだされればありがたく存じます」

　最初静かだった座敷は直ぐに賑やかになった。あちらこちらから私に声が掛かり、健吾の思い出が語られ始めた。

　中学と高校で健吾と同じ剣道部に所属していた同級生は、三校合同の練習試合で、彼が十人抜きをしたことを披露した。健吾が剣道三段だったことは知っていたが、そんな自慢話は聞いたことがない。夏の合宿を海辺でした時には、目隠しをしていたにも拘らず、竹刀で西瓜を真っ二つにした。寸止めという方法らしく、西瓜は実がぐしゃぐしゃにならず、そのまま包丁で切り分けて食べられた。へぇーと感心していたら、もう一人の同級生が、健吾はお祖父ちゃんの畑で練習し、少なくとも西瓜五個を駄目にしたと暴露し、場が笑いに包まれた。

高校の古文の授業では、『枕草子』を書いた清少納言へラブレターを書く宿題が出され、健吾の手紙が教室で読まれていた。それは内容が余りにも稚拙だったので、罰として読まされていた。〝春はあけぼの、夏は夜〟の随筆を春はカマボコ、夏はウリと書き、二人で一緒に食べたいと茶化したらしい。

そんなこんなで会食は和やかに進んだ。その場が湿っぽくなったのは、武志の次男が、

「なぜ伯父ちゃんにぶつかった車は止まれなかったの？」

と聞いた時だ。和也君はまだ四歳。テレビで宣伝している車の自動停止装置のことを知っている。

私はその子をまじまじと見つめた。場が緊迫した。誰かが、

「スピードを出し過ぎたら、車は止まれないんだよ。お父さんはゆっくり運転しているから大丈夫」

と言い、彼がコックリと頷いたのでその場は収まった。

武志は私たちになぜ子供ができなかったのかを知っているし、健吾が身を挺して子供を救ったことも知っている。それが親戚の人にも伝わっているらしく、私と彼がビールや酒や烏龍茶などを注いで回った時、誰も子供の話はしなかった。一人二人が運転中の携帯電話は駄目よと言っただけだ。

最後は武志の音頭で健吾へ献杯をし、会食を終えた。私は支払いをするために階下へ降りた。武志が後を追い掛けてくる。

「お義姉さんはこれからどうされるんですか？」

「どうするって？」

「お義姉さんは僕より四つ年下ですよね」

「ええ」

「僕たちはお義姉さんと十年程お付き合いをさせていただきました。今回兄貴のお骨はうちの墓に入れましたが、お義姉さんが中条から籍を抜かれても、僕たちは気にしません。これから先のことをいろいろと考えなければならないでしょうから」

「ああ、そのことなのね。今日の法要は済んだけれど、まだ新盆や一周忌もあるでしょう。だから何も考えてはいないし、苗字を元に戻すつもりはありません。いいですよね？」

「それは勿論です。ではそのように親戚にも伝えておきます」

　武志はややホッとしたような表情で二階へ上がっていった。健吾の父は三男で、水戸市内に中条本家があり、親戚筋が多い。身内では私がすぐ籍を抜くという話が出ていたのだろう。

　その後、私たちは武志らが住む家に戻った。二つ誂えた健吾の本位牌の一つを仏壇に置き、線香を焚き、両親と共に水戸を後にした。

五月二十五日

目を覚ますと、体がだるい。片道二時間余りの距離を電車で往復した上、喪主として緊張し続けていた疲れも残っている。

　これで肩の荷が一つ下りた。この六年で三度も身内の葬儀で喪服を着るなんて、私はまったく想像していなかった。武志の親族や友だちが気さくだったので、新盆ではそれ程肩が張ることはないだろう。そう思った時、武志の言葉が蘇った。私は一周忌法要にどんな顔をして水戸へ出掛けるのだろうか。どんな暮らしをしているのだろうか。

十時過ぎ、玄関チャイムが鳴った。葬儀社が後飾り壇を片付けに来た。

私は本位牌と写真と三具足を整理箪笥の上に置いた。そして余っていた香典返しを引き取ってもらった。

再度居間に入ると、彼の大きな写真が目に付く。考えあぐねた末、私は写真を風呂敷に包んで箪笥に入れた。彼一人の写真はないけれど、二人の写真は小さい写真立てに入れたものが机の上にある。

「これで充分よ」

この写真は五年程前、健吾の同僚二人と夫婦六人で長野の松本へ出掛けた時に撮ったものだ。お盆休みを利用したもので、上高地を回り、安曇野で桃狩りをした。黄金桃と呼ばれる黄色い桃の香りが素晴らしかった。大き目のミニトマトのような林檎も同じく初めて食べた。盆地の暑さには閉口したが、朝晩は過ごしやすかった。

思い出に引きずられながらも、私はこの際だから、健吾の服などを片付けようと思った。私だって前に進まなければならない。そう考えた途端、少し欲が出た。

私はパソコンを立ち上げた。今はリサイクルが盛んだ。単に捨てるより再利用してもらえるならば、罪の意識も軽くなる。それで近所のショップを検索し始めた。

調べてみると、どうも男物は買い取りが難しい。重いものを持ち込み、持ち帰りたくはない。ショップに処分を頼むことはできるだろうが、値が付かない服が後で陳列されるのは癪だ。

私は寝室に入り、クロゼットや箪笥などから健吾の服などを出し、ベッドに並べた。スーツやセーターなどの山ができた。一つ一つ手に取って吟味していると、やはり胸に迫るものがある。スーツは仕事で着るものなので、それを着て家を出るが、帰ったら直ぐ脱ぐ。だからスーツにはそれ程愛着を感じない。でもセーターとなると、ウールの手触りが柔らかいからか、彼の肩幅や胸の厚みを思い出す。彼が気に入っていたポロシャツなどにも思い出がある。

その時ふと思い付いた。武志は健吾と身長も体型もほぼ同じだ。まだ着崩れをしていないものを彼に送れば、すべてを処分したことにはならない。形見分けだと言えば、彼も受け取ってくれるだろう。念のため、明日発送する前に彼に電話を掛けることにした。

私は台所からは大きなビニール袋を数枚持ってきた。

結局、武志には、スーツ二着、ネクタイ五本、フランネルの格子縞のシャツ二枚、セーターとカーデガン三枚を健吾が使っていた青いスーツケースに入れた。買ったままのワイシャツと肌着と靴下があったのでそれも詰めた。

スーツケースが済んだら、作業はてきぱき進んだ。玄関はスーツケースとビニール袋の山になった。靴の袋やもう読まない雑誌の袋もある。玄関へは通りにくくなったが、ごみの収集日にすべて片付く。

とは言うものの、ごみ袋を見ていると、次第に罪悪感が生まれてきた。クロゼットには彼が好きだった茶系のスーツ一着、黄土色のカーデガン一枚、薄い黄色のワイシャツ一枚、赤い格子縞のネクタイを残している。下駄箱にも皮靴とスニーカーを一足ずつ置いている。それで彼には許してもらうことにし、寝室から古いシーツを一枚出してきた。それをスーツケースとごみ袋に被せ、手を合わせた。

まだ気分が沈みそうなので、私は駅前に買い物に出掛けることにした。

六月一日

目を覚ましたら、日はもう高い。又夜更かしをして、映画を二本も観てしまった。

今日も特に予定はない。天気が好く、少し暑くなりそうなのでTシャツを着て、ショート・パンツを穿いた。外出するつもりはないので、これでいい。ベランダに出て、ペパーミントの葉を摘もうとしたら、土が乾いている。如雨露を持ち、一旦台所に戻った。そしてプランター三つに水をたっぷりと掛けた。父はもう庭に出て、水撒きを終え、草抜きも済ませているだろう。苗には、「お早う、大きくなれよ」と話し掛けたに違いない。たしかに手を掛けなければ、育つものも育ちはしない。

父の庭いじりは水戸からの帰りの電車でも話題になった。

「お父さんはずっと機嫌が良いのよ」

「どうして?」

「だって苗がみんな元気に育っているからよ」

「あの双葉は可愛かったわ。キュウリは大きくて、レタスは華奢だった。もう本葉が大きくなっているはずよね」

「うん、しっかり育っている」

「お父さんは家庭菜園日記を付けているの」

「えっ?」

父はやや恥ずかしそうにしている。

「そう言えば、私が小さい頃、夏休みの宿題で朝顔の絵日記を付けたわ」

「あの朝顔はやや大振りで白い縁の青い花を咲かせていたな。あれから後は落ちた種が花を咲かせてくれたけれど、僕がわざわざ買ってきた団十郎は駄目だった。茶色の花が渋くて風情があったのに芽を出してくれなかった」

「そんなこともあったわね」

「まあ野菜自体、毎年種を蒔くか苗を植えないと育たないけれどな」

「この前お父さんが来い、と言ったから、ミニトマトの葉に私も鼻を近づけてみたの。そうしたら何て言うのかしら、独特の青臭い匂いがするのよ。ちょっと感動したわ」

「もう支柱も立てている」

「健吾が送っていたものね」

「あれは全部使ったから、二十本買い足した」

「二十本も？」

「足りなくなるより余る方がいいんだ」

「もう少し後の方がいいでしょうに」

「いや、必要なんだ。この前雨風が吹いた時、苗が沢山倒された。だからビニール紐で茎を柱に緩く結んでいる」

「お父さんは本当に真面目な庭いじり一年生ね」

「あのね、春恵。書いてあることをきちんとやることが大切なんだ。もう少しすれば芽欠きもしなければならない。それから収穫を待つんだ。うちのは無農薬だから、安心して食べられるぞ」

「芽欠きって何？」

「トマトやゴーヤはどんどん上に伸びるらしい。背が高くなりすぎないように芽を摘んだり、脇から出る芽を摘んだりすると、栄養が行き渡るし、風通しも良くなると書いてある」

「今の勢いで行けば、二人で食べきれないくらいできそうよ」

「この前お父さんは七月頃から実がなると言っていたわよね」

「今年は天候が好いだろう。多分ガーデンレタスが最初で、ミニトマトが二番目だな。キュウリも七月になれば収穫できるはずだ」

「だからお父さんは夏場になったら八百屋へ行く必要はなくなるぞと言うのよ。春恵はどう思う?」

「そうは言ったが、人参やジャガイモなどは別だ。お母さんもそんなことは常識で分かっているじゃないか」

「はい、はい」

「ところで春恵。お前もベランダのプランターで何か育てていると言っていたな」

「ペパーミントとスィートバジルとイタリアンパセリの苗を植えているわ。ただしペパーミントはもう苗を買わなくてもいいの」

「どうして?」

「あれは根っこがどんどん伸びるから、冬になっても完全には枯れないの。だから二年目からは苗を買っていないわ」

「何に使うんだ?」

「葉っぱを紅茶に入れたり、サラダに乗せたりしているけれど、沢山あるから、熱湯を注いでペパーミントティーにすると、とても香りがいいの」

「毎日大きくなり、葉を付けてくれるのを見ていると楽しいだろう」

「ただ水をやっているだけよ。でも本当に成長が早いから夏になるとプランターからはみ出してくる」

「そのくらい元気なら僕も苗を一鉢買ってみるか」

「ペパーミントは虫が付かないので楽よ」

「それは助かるな。イタリアンパセリは日本のものとどう違うんだ?」

「あれは普通のパセリより大振りと言えばいいのかな。もっこりと丸くはならなくて、放っておくと春菊の葉みたいに大きくなるわ。味はパセリ程しつこくないけれど、早く摘まないと、硬くなるわね」

「スィートバジルはどうするんだ?」

「私はパスタとサラダに使う」

「今からだともう遅いのかな」

「どうかしら。お花屋さんに苗が残っていなくても、まだ六月になっていないし、京都なら種を植えても大丈夫じゃないの?」

「そうか。春蒔きの種だって蒔く時期は二カ月やそこらある。やってみるか」

「変われば変わるものね。お父さんって、昔は退職後に庭いじりなんてみっともなくてできるか、と言っていなかった?」

「記憶にないな」

ＪＲ常磐線の車中では法要の気疲れもあり、東京駅までみんなで軽い話をしていた。


父のことを思い出した私は、和気藹々とした父母のことが羨ましくなった。実家の台所が目に浮かぶ。比べても仕方がないと思いつつも、元気な父に触発された私は、新聞を一面から読むことにした。意識を少し変えたい。

相変わらず最初の数ページは面白くなさそうだったので見出しだけ読んだ。ただし一面や二面や国際面などにあるコラムは、読んでみると案外面白い。普通の記事と異なり、記者の素直な語り掛けがあり、温もりを感じる。あからさまに嫌味を言っている個所もある。事実を伝えるのが新聞報道の基本だろうが、それが面白いので、記事を書いている人のことを想像したくなる。

人生相談のところは理解しやすかった。今日の話題は子供がいる母親と隣近所の付き合い方だった。せめて子供がいれば、私もぼんやりと一日を過ごすことはないだろう。不妊治療の選択肢はあったので、もう少し時間があったならと思う。

私は気を取り直し、次の健康相談を読み始めた。喉頭癌の患者が、手術後についてのセカンド・オピニオンを求めている。病期の判定や聞いたこともない治療薬や方法が沢山出てきて、何を書いているのか理解できない。健吾の両親は二人共癌で他界しているが、彼は定期検診の結果で要注意や再検査を指示されてはいなかった。

三十分で新聞を読み終えると、私は久し振りに頭を使ったような気分になった。やはり何かしていると充実感が生まれる。

私は冷蔵庫の横のカレンダーを見た。あのカレンダーは生命保険会社が毎年くれるもので、上段に風景写真、下段に一カ月の暦があり、一日ごとに書き込みができる枠がある。以前はそこに健吾の出張予定などを書き込んでいた。まだ五月のままだったので、私は一枚めくって六月にした。今月の風景は雨に降られている中尊寺で、左下隅の枠に金色堂が光っている。好い雰囲気だが、私には今月書き入れる予定が何もない。

父は家庭菜園日記をも付けている。毎日同じことをするなら、日記は不要だと思うが、書き込みをすれば、それが自分の足跡になるし、自分の行動を意識していることになる。私はカレンダーの空白を埋めたくなった。やはり毎日にメリハリが欲しい。

私は一週間に何をするのかを書き出すことにした。側にある新聞の折り込み広告を手に取ると、新装開店のゲームセンターの広告は裏が白い。それを利用することにした。時間はたっぷりある。

先ず起床。毎朝六時にする。

月曜、水曜、金曜は、ＮＨＫのラジオ体操とジョギングをする。本来なら毎日するべきだろうが、意気込みだけで三日坊主になりたくない。間隔を置いても、新陳代謝を高められるはずだ。思い出すと、最初の月命日前後まで、鏡を見るたびに化粧品を買い替えたくなるほど、化粧のりが悪かった。食欲がなく、座ってばかりの生活をしていたからだ。

ジョギング場所はどこにしよう。国道沿いは空気が悪そうだ。以前健吾とお花見に出掛けたことがある公園を思い出した。あそこなら距離も四キロメートルくらいだし、ベンチや水飲み場やトイレもある。折り返す場所としては最適だ。

洗濯は火曜と土曜の朝とし、火曜には掃除もする。

食料品買い出しは月曜と木曜の朝にする。日曜と水曜の殆どが市場の休みになっているし、食品は朝店頭に並べられた時が一番新鮮なはずだ。健吾がいた時は、毎日のように買い物に出掛け、冷蔵庫をほぼ満杯にしていた。それで総菜などを無駄にすることも多かった。一人暮らしの今、数日間必要なものだけを揃えておけばいい。

残っているのは金曜と日曜だ。金曜を気分転換の日にしたい。ジョギング後、化粧をしっかりして、とにかく駅前に出掛ける。ウィンドー・ショッピングをし、レディースデイで安くなる映画を見た後、外食をして帰宅する。ついテレビを見てしまうので少しは知的な生活をするため、本屋にも寄りたい。このアパートに住み始めた頃は近くに本屋が二軒あったけれど、全部閉店してしまった。だから駅前で毎週一冊文庫本を買い、週末に読む。

毎週面白そうな映画があるとは限らないので、一カ月に一度は寄席に行ってもいい。健吾と行った寄席では客席でご飯を食べることができた。腹の底から笑う日も欲しい。さらにその日には洋服などを買いたい。女を意識するためだが、一カ月に一度なら経済的な負担にはならない。

日曜は休みの日にし、外には出掛けず、家にいる。だから週末の化粧は止めよう。ついでに、週末は基本をTシャツなどとショート・パンツにする。その代わり、平日はブラウスやスカートで過ごす。この一カ月半、着るものに気を配っていないので、外出時にもパンプスは勿論ハイヒールを履いていない。ウェッジソールかフラットシューズだけだ。四十九日前を除き、ヘアスタイルにも無頓着だった。寄席などに行く前日は美容室に行こう。カットだけでもいい。


久し振りにボールペンを使ったら、指が痛くなった。私はマンゴージュースを飲みながら、書き出した事柄を眺めた。

まだ実体が伴っていないが、少なくとも一週間という枠の中に、メリハリのある生活が見える。私はカレンダーを外し、食卓に置いた。再度中尊寺の写真を見たら、金色堂に目が惹き付けられた。いろいろな細工がしてあるようだが、実際にはどのくらいの大きさなのだろうか。

「そうだ。旅行だ」

旅行に行きたくなった。一泊二日の旅行なら費用が少なくて済むし、刺激になる。横浜は羽田空港に近いので、一泊二日でも全国各地を訪れることができる。土日祝日を避ければ、人混みを避けることも可能だ。女の一人旅に寂しさと心細さを覚えるが、一度出掛ければ、どんな感じになるかは分かる。二カ月に一度、木曜日に出掛け、金曜日に帰ってくることにしよう。

一息吐いた私はベランダに出た。プランターのペパーミントなどは起きた時より元気そうだ。葉を五枚摘み、お湯を掛けて飲もう。

私は再度カレンダーの前に座った。体操とジョギングを〈体ジ〉、洗濯を〈洗〉、掃除を〈掃〉、買い物を〈買〉、映画と外食を〈映外〉などの省略語を曜日の欄の上に書き込んだ。それぞれの欄を日記代わりにし、自分が実際にしたことを簡潔に書く。夕食の主菜を書けば、食事が充実するかもしれない。今月洋服を買う日を十三日にし、寄席に行くのを二十日にする。

そして七月のカレンダーにも省略語を記入した。九日と十日には手紙を書き、最後のお中元を準備し、デパートから発送する。最初の旅行は夏休みの混雑を避けるため、十七日に出発し、十八日に帰ってくる。行き先は後回しだ。二十五日には靴を買いたいが、これは寄席からの帰りにする。

私は今日の枠に、予定表作成、手紙と書いた。そして居間に行き、パソコンの前に座った。このことを母に知らせたい。電話でも事は足りるが、手紙で読めば、詳しいことも分かるし、自分が平常心を取り戻し掛けていることを分かってもらえる。

三十分で手紙を書き終えた私は、一度再校し、Ｂ５用紙一枚に印刷した。それを手に取ると、まるで味気ない事務連絡だ。字体を行書体に変えても他人行儀に見える。又指が痛くなると思いつつ、私は便箋に書くことにした。

合計三枚になった手紙の最後に、又野菜を送ってねと書き加えた。今日は日曜なので近所の郵便局は閉まっているが、コンビニでは切手を売っている。一日でも早い方がいい。私は今日手紙を投函することにした。

洗面所に入り、簡単に化粧をした。そしてフラットシューズを履き、気分良く玄関の鍵を掛けた。

階段を降りようとした瞬間、私は大事なことに気が付いた。明日からジョギングを始めるのに、着る服も靴もない。どこか抜けていると思いながらも、私はそのまま駅前まで出掛けることにした。Tシャツとショート・パンツのいで立ちが気になるけれど、ウエアの試着をする時には着替えをしなくてもいいだろう。

五時過ぎ、私は大きな袋を持って帰宅した。居間はまだ明るい。外から見られることはないので、これからファッションショーを始める。

買ったものを袋から出し、上に着るものからソファーに並べると、誰かが寝そべっているように見える。服は黒っぽいものにしたが、銀色の縞模様などが入っている。靴は蛍光色の赤と黄緑が際立っている。

私はTシャツを脱ぎ、ブラを外し、ショーツだけになった。ブラトップはやや小さそうだが、頭から被ってみると、ブラと異なりカップやワイヤーがないので胸にフィットし、締め付け感はない。続いてスウェットとウィンドブレーカーとジャージーパンツを身に着けた。両腕を振り、両脚を上げ下げしてみたが、肩や手首、腰や足首の動きも楽だ。次にタイツとショート・パンツを穿いてみた。下半身がぐっと引き締まる。夏になれば相当汗をかくので、ショート・パンツだけでも充分だろうが、日焼けのことを考えると、タイツは欠かせない。

私はバンダナを頭に巻き、カバー・ソックスと靴を履き、洗面所の鏡の前に立った。

「嘘みたい」

新しい自分が立っている。買ったばかりの服が光っているのは当然だが、これまでの自分はどんな顔をしていたのかと疑ってしまう程、生気がある。

私はそのまま台所に入った。今日の夕食は買ってきたトンカツ弁当だ。野菜が少ないので、レタスとキュウリとトマトのサラダを足し、乾燥ワカメを入れたみそ汁を作った。

オーブンでトンカツを温めたら香ばしさが鼻をくすぐる。健吾がいた時は二センチ幅に切って出したが、今日は面倒なのでそのまま箸でつまんで食べることにした。

最初の一口でパン粉がサクサクと弾けた。噛み締めると、甘い肉汁が口の中に広がる。

「美味しい！」

私は素直に驚いた。気分が変わると夕食も楽しくなる。


夕食を済ませた私は新聞のテレビ欄を見て、二時間のサスペンス・ドラマを見始めた。いつもはバラエティ番組などにチャンネルを合わせ、笑うようにしているが、今夜はなぜか気分が違う。刑事役の女優が犯人に蹴りを入れ、腕を取って引き倒した。派手な立ち回りだが、普通の女にあんなことはできない。でも私だって明日からしばらく体操とジョギングを続ければ、あの真似事くらいはできるだろう。公園に行き、人がいないところを探し、飛び跳ねて見たくなる。

ドラマが終わり、私はゆっくりと風呂に入った。足慣らしのため靴を履きっぱなしだったので、足先や甲に解放感がある。

私は明日の予定を思い浮かべながら、目覚まし時計を六時に合わせた。

六月二日

私は時計が鳴った途端目を覚ました。横になったまま両手をぐっと頭の上まで伸ばし、両足も揃えて伸ばす。そして魚が泳ぐ時のように十回腰を左右に振った。

「よし！」

と言って起き上がった。カーテンを開け、窓から外に顔を出すと、爽やかな風が吹き、青空が広がっている。幸先が良い。

トイレを済ませた私は冷蔵庫から牛乳を出し、コップに半分注いだ。それをゆっくりと噛みしめるように飲み下した。それからスウェットとタイツとショート・パンツに着替えた。

次は化粧だ。顔をていねいに洗い、化粧水を肌に染み込ませ、乳液を塗る。その上に日焼け止めを重ね、紫外線をカットする桃色の口紅を引く。日焼け止めは両手と首筋などにも塗った。ブラシで髪を梳かし、バンダナを結んでみたら何だか気恥ずかしさが先に立つ。今日はゴムで後ろ髪を止めるだけにする。

居間に戻った私はCD・DVDプレーヤーをラジオに切り替え、スイッチを入れた。

天気予報や交通情報が続き、体操の時間が来た。

ラジオの指示と伴奏曲を聴き、それぞれの動きを思い出しながら、私は何とか体操を終えた。今まで意識しなかったが、やはり体は硬い。

私はごみ袋を持ち、細身のタオルを首に掛け、玄関の鍵を閉めた。その時、佳乃さんが出てきた。同じようにごみ袋を持っている。

「お早うございます」

「あら、お早う。ひょっとしてその恰好はこれからジョギング？」

「はい。ずっと何もしないでぼんやりしてきたのでもう体が鈍《なま》っているんです」

「まだあなたは若いのよ。そんなことを言われたら私の立場がないわ。運動なんてまったくしないもの」

「座ってばかりだからちょっと体を動かしたくなったんです」

「そのウエアは良く似合っているわ。精悍な感じ」

「ありがとうございます。昨日思い立って、買ってきたんです」

「じゃあ今日が初日ってこと？」

「はい。さっきラジオ体操を済ませたので、これからジョギングです」

「だから靴までピカピカなんだ。元気そうだから良かったわ。じゃ下まで一緒に行きましょうか」

「はい」

私たちはごみ袋を持ち、階段を下りた。

「頑張ってね！」

「はい！」

青空の下、私は両腕を軽く振りながら、公園へ向かって走り出した。


街にはそこそこの人通りがある。歩いている人はみんな通勤か通学のようで、国道沿いにある私鉄の駅へ向かっている。やや速足の人もいる。自転車に乗っている人の方が急いでいる感じがする。なぜかみんな表情が硬い。中にはスマホを手にし、前を見ていない人もいる。

私は何だか誇らしい気持ちになってきた。男の目が自分に注がれても、今日はそれ程気にならない。男の視線を初めて意識したのは横断歩道で立ち止まった時だ。対面で信号が変わるのを待っている男が私の頭の先から足元まで見つめた。でも今日は自分の視線が勝ったような気になる。

高揚感が続いたのはその後五分だけだった。中学から高校までバレー部で鍛えた筋肉はもう影も形もなく、息継ぎがバラバラになり、体が重い。それからは五分歩いては五分走るのを繰り返した。公園までは三カ所も坂道があり、これが厳しかった。到着して時計を見ると、七時半過ぎだ。四十分も掛かっている。

私は息を弾ませながら水飲み場を探した。喉を潤わせ、近くにあるベンチに崩れるように座り込んだ。汗がどんどん出てくる。脹脛が張り、足が痛い。幸い靴擦れはできていない。

家を出る時、私は公園へ行ったらきっと清々しい気分になるだろうと想像していた。心が意気軒高でも、体は怠け者のオバサンだった。

私は脱力したまま、しばらく街並みを眺めた。真夏のような太陽が街を照らしているけれど、都会の喧騒は聞こえない。公園が高台にあるからだ。

ようやく呼吸が整った私は周囲を見回し始めた。

この公園には桜の木が二十本くらいある。お花見の季節になると、沢山の人々が訪れて賑やかになる。私も健吾と二度ここでお花見をしたことがあるが、その他の季節には用事がないので来たことがない。

今見ると桜の木は青々とした葉を広げ、他にも名前の分からない木々があちらこちらで木陰を作っている。翻ってベンチの側に目を落とすと、紫陽花の株がそこここに密生している。緑の葉を覆い隠し、空色、薄紫色の花が特大のぼんぼりのようだ。酸性が強い土壌なのだろう。赤い花が少ないのがやや淋しい。

「花か……」

健吾の葬儀は春と重なっていた。その二週間前、私たちは大岡川沿いのホテルに夕食の席を予約した。健吾と一緒に桜並木を眺めながらお花見弁当を食べた。その後川に沿って歩いたが、夜になっても人通りが多かった。屋台が出ていて、花を見に来たのか、人を見に来たのか分からないね、と二人で笑った。満開の桜と週末と好い天気が重なったのは三年か四年振りだった。そして二人寄り添って家まで帰った。

あの時だけが春だった。その後は白い花の束を祭壇に見ただけで、春は私を避けたまま去った。

改めて公園内を見回すと、あちらこちらに人がいる。平日だからか年配の人が多い。

中年の男が腹筋をしている。歯を食い縛っているかもしれないが、楽々とやっているように見える。お揃いのＴシャツを着ているやや若ぶりの夫婦は自営業だろうか。相当白髪の多い女の人は長いタオルを首に巻き、早足で園内を歩いている。凛々しい姿だ。他にも犬の散歩に出掛けてきた人が四人いて、お喋りをしている。みんな顔馴染みらしく、新たに公園に現れた人とも挨拶を交わしている。

誰も生気のない顔をしてはいない。朝目覚めた時、必ずしも清々しい気分ではなかったとしても、今の彼らは限られた時間を楽しんでいる。彼らにはこれから何かをするという意志が全身に漲《みなぎ》っている。体操にしろ、散歩にしろ、それは単に時間潰しではなく、生活を続けるために工夫された行為の一部なのだろう。

私は立ち上がった。その途端、膝下の筋肉が痛んだ。いくら痛くても、ここにいては家に帰ることができない。私は右足のつま先を地面に付けたまま足首を右へ十回、左へ十回と回し、左も同じように回した。次に椅子の後ろに回り、椅子の背で上体を支えながら、右足と左足を交互に伸ばした。続いて両膝の屈伸運動をゆっくりと二十回した。節々が痛い。

私は方針を換えた。ダイエット目的ではないので、最初は歩くだけにした。少なくとも五回くらいは歩いて往復し、それに慣れたら帰りだけジョギングをする。

そう考えた時、公園までの往復に相当時間が掛かることに気が付いた。ジョギング中に足をくじいたり、急にお腹が痛くなったりすることもあるかもしれない。私は現金を二千円くらい持って出ることにした。そうすれば、家までか病院までのタクシー代金になる。
私は歩いて帰途に就いた。

六月二十日

今日で公園へ行くのは九日目だ。一日目から行きも帰りも歩いているが、ダラダラではなく、腕を少し振り、歩幅をやや大きくしている。足が痛むことはもうないけれど、本気で歩いていると、特に行きは上り坂が三カ所あるので、結構な運動になる。最初は余り周囲を見る余裕がなく、楽しくなかった。

同じ道筋を歩くので、駅へ向かう人と同じ時間に出会う。公園で見る人もほぼ同じ顔ぶれだ。天気が好い日は、七時前後なのに、もう洗濯物を干してある家が多い。家族の朝食をもう準備したのだろうか、それとも洗濯物を先に干して作り始めるのだろうか。一階や二階の窓が閉まっている家には夜勤をする人が済んできるのかもしれない。ある時、通り掛かった家の前で男の人から、お早うございます、と声を掛けられた。挨拶を返した後、急に足が軽くなったような気がした。以後、その家の前を通る時には相当前から注意しているけれど、中々その人を見ることはない。

今日はどうだろう。こちらから挨拶をしようと思いながら歩いていたら、小路から薄茶色と白が縞になった猫が出てきた。首輪を付けている。どこへ行くのだろう、と見ていたら、一気に塀に飛び乗り、そこから玄関の軒に飛び、二階の張り出しまで飛び上がった。それ以上行くところはないと思ったら、ガラス戸が少し開いていて、家の中へ入って行った。

私は呆気に取られた。玄関から出してもらったのか、二階から出てきたのかは分からない。あの猫は朝の散歩をしてきたのだろう。猫さえも一日にメリハリを付けている。私は感動した。

公園に着き、私は屈伸運動をした。そして日陰のベンチに腰を下ろした。もう陽射しが刺すように暑い。今日はゆっくりとはしていられない。映画の代わりに、浅草へ落語や漫談を聞きに行くからだ。昼の部は十二時前に始まり、十六時半に終わる。

昨夜演芸場を検索した。演目と公演時間と料金とを比べると横浜と浅草とで少し異なっていた。公演時間が長い方を選んだので浅草にした。

九時には家を出なければならない。私は走り出した。

夜七時前、私は夕食のお弁当を買って戻った。

漫才などは健吾と一緒にテレビでよく見た。しかし笑っても二人だけだ。演芸場にいると、出演者の一挙手一投足に観客があちこちから相槌を打つ。掛け声も掛ける。大笑いすれば、館内全体がどよめく。出演者は時々観客を見ながら、話の途中で間を取る。そうすると、私は前のめりになって次の言葉を待つ。そこに出演者、観客、私との一体感がある。当日券で後ろの席にいたけれど、私はここ半年分の十倍は笑った。映画館の中は暗い。寄席はとにかく明るい。講談で話が湿っぽくなっても、一席終わると、場内は賑やかさを取り戻す。毎週金曜日には寄席に行きたくなった。

七月五日

私は目覚ましで起きたけれど、そのままベッドでゆったりしていた。今日はジョギングをしないからだ。しかもここ二、三日は最高気温が二十五度を超えないので、夜も快眠することができる。

カレンダーで決めた通り、Ｔシャツを着て、ショート・パンツを穿いたが、窓から入る風が涼しい。

私はてきぱきとベッド・シーツや枕カバーを外し、バスタオルや下着などと共に洗濯機に入れ、スイッチを入れた。洗濯が終わるまでに朝食を済ませる。

運動をし始めてからまだ一カ月しか経っていないけれど、朝食に対する意識が変わってきている。健吾と一緒だった時は、定番のベーコンやハムや卵などを食卓に並べていた。独りになってからは、クロワッサンか食パンをオーブンで焼き、紅茶と共に流し込むだけだった。

でも最近は何をどう食べようかと考えている。ジョギングで公園に着いてストレッチを始めると、お腹が空いているのが分かる。だから卵などをあれこれと工夫するけれど、それがまったく苦にならない。買い出しでも、最初は夕食を充実させることしか頭になかったのに、今では前夜から朝食の献立を考えている。多めに作ったグラタンやカレーを冷凍させているので、それを食べることもある。冷たいグリーン・サラダだけでなく、夕食時に作っておいた温野菜に昆布出汁を掛けて食べたりもする。

昨夜は外食だったから今朝はジャガイモとベーコンをカリカリに炒めて食べる。

洗濯物を干し終ってテレビを見ていたら、玄関チャイムが鳴った。佳乃さんだ。

「お早う」

「お早うございます」

「ちょっと早過ぎるかなと思ったんだけれど、あなたがベランダで洗濯物を干すのが見えたから来たの。今、ちょっと時間があるかしら？」

「ええ、大丈夫です。土曜と火曜を洗濯の日に決めているので、早めに片付けちゃったんです」

「そうよね。独りだと一週間に一度の洗濯でも充分だけれど、女としては余り溜めたくはないわ。ところで今日の夕方は何か予定があるの？」

「いえ、別に何もないですが……」

「じゃあ、夕ご飯を食べに来ない？」

「本当ですか、嬉しい！」

「今夜はパスタにしようと思うの。パスタは大丈夫？」

「大好きです」

「良かった。それにもらいものの馬刺しがあるの。馬刺しって食べたことがある？」

「いいえ。でも健吾は外で食べていたみたいです。キムチや鰹の叩きを食べた時みたいにニンニクの匂いをさせて帰ってきたことがあります」

「私一人では多過ぎるからお相伴してくれるとありがたいわ。結構値段が張るものらしいし、すき焼きみたいに火を入れたら駄目だと言われているから、カルパッチョ風にするつもり。押し付けるようだけれど、一緒に食べてね」

「喜んで挑戦します。でも佐々木さん、せっかくだから私も何か作りますよ」

「そんなに他人行儀にしないで佳乃と呼んでちょうだい。ずっとお隣同士じゃない」

「分かりました。じゃあ私も春恵と呼んでください」

「最近本当に表情が明るくなったわね」

「ええ、やっと落ち着いた感じです。矢張りボーっとしていたんですね」

「ぼんやりという感じでもなかったけれど、あんなことがあったから雰囲気が硬かったわ」

「やっと自分の生活をしようと思い始めたんです」

「それは良かったわ。この前のチキン・ハンバーグも美味しかったけれど、春恵さんには二人分のサラダを作ってもらおうかな」

「何か食べられない野菜がありますか？　ピーマンとかトマトが駄目だとか」

「私は何でも大丈夫よ」

「ドレッシングは何が好きですか？　ノンオイルにしますか？」

「ドレッシングはうちにも二、三種類あるから、それを使いましょう」

「はい。じゃあ何時に行きましょう？」

「五時からでどうかしら」

「はい」

意外な展開になった。今日の私はテレビを見て、昨日買ってきた本を読むことしか予定を立てていない。ただし、最近は家にいるだけだと体がウズウズし、週末が来ると、何か物足りなさを覚える。だから佳乃さんからの誘いは渡りに船だった。彼女がどんな生活をしているかが気になり、何だかワクワクしてくる。

十時前、私は家を出た。スーパーと八百屋に行き、サラダに必要な材料を買ってきた。その後は本を読んだり、テレビを見たりして過ごした。

三時半。私はサラダの準備を始めた。カリフラワーは茹でる。キュウリと人参はピーラーで薄く長くスライスする。塩を振り、しばらく置いて柔らかくなってから丸める。赤と黄色のパプリカは半分ずつ、短冊に切る。二種類のレタスは手でちぎる。ソフト・サラミ四枚を千切りにする。

十分程休憩し、野菜をやや深い皿に入れた。サラミを散らし、パルメザンチーズとドライ・オニオンを振って完成だ。皿をラップで包み、冷蔵庫に入れた。中で一時間休ませれば、よりシャキシャキ感が出る。

まだ時間があるので本を読もうと思ったが、何となく落ち着かない。テレビを見始めたが、中々ドラマに集中できない。

五時、私はサラダを冷蔵庫から出した。まだ外から涼しい風が入ってくるので、何か上に着て行こうと思った。整理ダンスの引き出し今年はまだ着ていなかったベストがある。生成りのオフホワイトだが空色の糸で縁取られ、着丈が腰の下まである。私はそれを羽織り、ちょっとドキドキしながら隣のチャイムを鳴らした。

「いらっしゃい」

「お願いします」

佳乃さんは紫陽花をあしらったエプロンをしている。私はその華やかさに目を奪われつつも、結婚した当初、自分もエプロンを掛けて台所に立っていたことを思い出した。多分三枚くらい買っているけれど、今では食器棚の引き出しに入れたままだ。

綺麗に片付けられたダイニングキッチンに入る。

「これ、サラダです」

「あら、上品で綺麗な盛り付けね。食べるのがもったいないくらい」

「いろいろと混ぜただけですよ」

「これならオリーブオイルとバルサミコ酢と塩胡椒だけでもいいわね」

「あっ、私、どんなドレッシングがいいのかは考えていませんでした」

実際、私は野菜の彩りだけを考えていた。

「じゃあ、これは先ず冷蔵庫に入れて置くから、春恵さんは先に居間へ行って座ってて」

「いいんですか？」

「勿論よ。私も直ぐ行くわ」

私は台所の食卓で食べるのかと思っていた。お客を迎えるのなら、台所より居間の方にするのが普通だろうが、台所の方が気を遣わないような気もする。

居間に入ると、間取りは自分のところとまったく同じだが、部屋全体が落ち着いた雰囲気を漂わせている。右側の隅に、幅が広く少し年季の入った机があり、ラップトップのパソコンが中央に置いてある。右の壁には三カ月カレンダーがあり、赤や青などで実務的な書き込みが沢山ある。数字も多い。左側には七段の飾り棚があり、上から下までずらりと化粧品が並んでいる。机の左端に丸い鏡が置いてあるので、彼女は私のように洗面所ではなく、居間で化粧をするようだ。そして大きい薄型テレビがあり、続いて本棚もある。編み物の本が多い。窓際には大きな姿見がある。見せる相手はいないけれど、私もこれくらいの鏡が欲しい。

ベランダに通じるガラス戸の左側にはL字型でどっしりとした皮のソファーが据えてある。窓際に一人、壁側に三人座れる程長い。その壁にはミレーの『落穂拾い』に似た絵が掛けてある。キャンバス地で枠がないけれど、貧相ではない。その横に横浜ベイ・ブリッジの写真が掛かっている。橋が左から右へと大きく伸び、青空に映えている。

中央には厚いガラステーブルがある。一枚板のガラスの端がコの字になって脚の代わりになっている。すでに灰色と白の格子縞のマットが二枚敷かれ、箸置きと割り箸とフォーク、小皿、お絞り、紙ナプキンが置いてある。赤ワインと白ワインの瓶の側にグラスが並び、汗をかいている水差しもある。

私は窓側の方に座った。

しばらくして佳乃さんが顔を出した。

「春恵さん、今日は涼しいから、窓を開けたままなの。風が気になったら言ってね。レースのカーテンを引くから」

「昨日も一昨日も楽ですね。先週の猛暑が嘘のようです」

「汗が流れるのは私も嫌」

そう言いながら、彼女はトレイを床に置き、缶ビールとおつまみと馬刺しをテーブルに並べて座った。

「佳乃さんってお洒落なんですね」

「どうして？」

「だってエプロンをしていらっしゃるから、負けたと思いました」

「違うのよ。あなたが来るからエプロンを出してきたの。いつもなら着替えをしたままで料理をしているわ」

「私もそうですけれど、ちょっと反省したんです。エプロンをすれば料理をする時も食事をする時もスカートやパンツを汚さずに済むじゃないですか」

「そうよね。今日はパスタだから、そこに大きめのナプキンを出しておいたの。膝に乗せて使ってね。それに赤ワインもあるし」

「すごいですね。こんなに本格的な食事をするなんて想像していませんでした。まるでホテルで食べるみたい」

「途中で立つのが面倒だから、先に並べて置いただけ。ワインは飲めるわよね」

「はい。赤も白も好きです」

「最初はビールで乾杯よ」

「はい」

「では私たちの美貌に乾杯！」

「乾杯！」

私たちは笑いながら、ビールを飲んだ。

「健康も大事だから、健康にも乾杯！」

「乾杯！」

「佳乃さん、今日は何か特別な日なのですか？」

「何もないわよ。強いて言うなら夏のボーナスをもらったことにしましょうか」

「ずいぶんと早いですね。普通は今月半ばでしょう？」

「うちは小さな会社だから早いの」

「佳乃さんは本当に元気一杯ですね」

「そう見えると嬉しいわ。人生は楽しまなくちゃ駄目でしょう。だから気楽に暮らすようにしているだけ」

「その心掛けが大切ですよね。私はしばらく忘れていました」

「あんなことがあれば当然よ。正に青天の霹靂だったでしょう」

「まったく想定外でした」

「あの運転していた女は恨んでも恨み足りないでしょう」

「恨んではいますが、会ったことがないので意識できないんです」

「そうね。相手の顔を覚えていればいつまでも癪に障るから、その意味では会っていない方が良かったかもしれないかな。あの事故のことは地元の新聞で大きく扱われたのよね」

「はい。葬儀の時、広島支店長が新聞の切り抜きを持ってきてくれました。こっちのテレビニュースでも報道されたようです。私はバタバタしていたので見てはいません」

「とっさの判断だとしても、他人の身代わりになるなんて、ふつうの人には中々できないことよ。あの子のお母さんは葬儀の後に来られたのよね」

「葬儀には間に合いませんでしたが、火葬の時、ご主人と一緒に来てくれました」

「子供さんは？」

「お祖父ちゃんとお祖母ちゃんに預けて来られそうです。洋三ちゃんがまた駄々をこねると困るから」

「それはそうよね」

佳乃は春恵の苦笑いに気が付き、安易に子供の話をしたことを後悔した。

「顔と言えば、健吾さんとは挨拶を交わすだけだったけれど、背も高くて人当たりが良く、素敵だったわ」

「ありがとうございます。広島へ一緒に行った係長が悔やんでいました。あのまま仕事を続けていれば部長になったはずだし、その時はもう一度彼の下で働きたかったと言い、涙ぐんでいました」

「信頼されていた課長さんだったのね。お家でも真面目な感じだったの？」

「お義父さんは役所の課長でした。それを引き継いでいたのだと思います。でも家では仕事の話を一切しなかったので、職場でのことは分かりません。仲間や部下と出掛けてもいましたが、必ず連絡をくれていたし、午前様は年に数回しかありませんでした。テレビを見ながらダジャレを言うのが好きで、私を楽しませてくれました」

「絵に描いたような檀那様だったのね」

「今思えば、そうだったかもしれません」

「じゃあ今日は少しの間だけれど、気分転換をしましょう」

「ありがとうございます。佳乃さん、この部屋全体の雰囲気が素敵です」

「そうかしら。私はいつも見ているから何とも感じないわよ」

「この後ろの絵はミレーの『落穂拾い』に似ていますが、穏やかな感じでいいですね」

「ちょっと本物に見えるでしょう」

「誰かがキャンバスに描いたんですよね」

「印刷よ、印刷」

「でも本物に見えますよ」

「近頃は技術が向上しているの」

「素敵です。気持ちが落ち着きます」

「これはミレーの『羊飼いの少女』」

「それで雰囲気が似ているんですね。手を合わせてお祈りをしている女の子に目に見えない力が働いているような気がします」

「私も最初はそう思ったけれど、この絵の解説だと少女は編み物をしているの」

「本当ですか?」

「お祈りなら雲に隠れていても太陽の方を向くはずよ。でも反対を向いているじゃない」

「たしかに太陽を背にすれば、手元は眩《まぶ》しくなりませんね」

「そういうこと。ミレーは少女を主人公にしているけれど、私は羊のお尻が可愛いいと思うのよ。それに右側に犬がいるでしょう」

「あれは犬なんですね」

「羊を追う役目をしているはず。小さいのに精悍な感じと責任感が現れているみたいだから、あの犬も好き。でも一番好きなのは地平線を彩る太陽の輝きかな」

「画面の上半分がまだ明るく光っている空と白い雲ですからね。もっと夕闇が迫っていると、雰囲気が暗いでしょうが、何か希望がありそうです」

「春恵さんは私と同じね」

「えっ？」

「私もこの明るい夕空を見ていると、又明るい朝がやって来ると思うの。この歳でブリッコみたいだけれど、画面の向こうに明日がある、そう思って見るのが好き」

「画面の向こうまで観ようとするなんて、佳乃さんは哲学的なんですね」

「ただのオバサンよ」

「そんなことはないですよ」

「この歳になるとオバサンはオバサンに見えた方がいいのよ。春恵ちゃんだって今は夫に先立たれた妻に見える方が自然だと思うわ」

　私は、春恵さんから春恵ちゃんになったことに気が付いた。二人の垣根が少し低くなった。

「どうしてですか？」

「背伸びをすると、どこかに無理とか隙が出るのよ。年齢より上に見られたくはないけれど、年下に見られて好い気になっていると足を掬《すく》われたりもするの。そういう意味」

　私は残りのビールを見つめながら、武志が四十九日の時言った言葉を思い出した。〝お義姉さんはこれからどうされるんですか?〟意識してはいなかったはずだが、直ぐにでも再婚するような雰囲気があったのだろうか。

「春恵ちゃん」

「あっ、はい」

「馬刺しのカルパッチョにも手を付けてちょうだいね」

私は薄切りの馬刺しの上に玉葱スライスを乗せて口に運んだ。

「これ、いけますね。ニンニクの香りが仄かにするし、思ったよりお肉が美味しいです」

「本当? じゃあ私も食べてみるわ」

「あら、佳乃さん。私は実験台だったんですか?」

「ちょっとドキドキしていたのよ」

笑顔の佳乃さんが一切れを口に入れた。

「本当。これなら全部食べられそう」

私たちは顔を見合わせ、笑った。佳乃さんが赤ワインと合うはずだと言い出し、栓を開け、それぞれのグラスに注いだ。

「このソースは擂《す》り下ろしニンニクとレモン汁と混ぜただけですか?」

「ニンニクは一つで、後はオリーブオイルと塩胡椒」

「私、ニンニクのスライスしたのは苦手なんです。ちょっと辛みがあるし、いつまでも匂いが残るでしょう」

「私もスライスはお肉と青梗菜などを炒める時にしか使わないわ」

「これなら好い感じで、お肉と合っています」

「明日外に出掛けなければ気にしなくてもいいでしょう」

　テーブルには硬めのコントと柔らかいブリーのチーズも出ている。

「このベイ・ブリッジの写真ですけれど、隣のミレーの絵とはまったく雰囲気も時代も違うじゃないですか。だから最初部屋に入った時は、似たような絵か写真を並べたらいいのにと思ったんです。でも今はちょっと考え直しました」

「どういうこと?」

「ミレーの絵が二つなら、見ていて穏やかな気持ちになると思います。近代建築の写真が二つなら、技術革新を象徴する躍動感とかが前面に出ると思います。でも古いものと新しいものが同居していると、これこそ望ましいことなのかなと考えたりして」

「そこまで考えてここに飾ったんじゃないの。今だって世界各地で羊や山羊を放牧しているでしょう。でも現代はコンピュータとかＩＴの時代じゃない。日進月歩でいろいろなものが改良されたり発明されたりしていて、忙《せわ》しいわよね」

「はい」

「これは春恵ちゃんに言われて初めて気が付いたことだけれど、時間に追われるばかりなのも嫌だし、余りに変化がないのも物足りないと思うのよ。写真はもらいもので、絵は自分で買ったの。二つしかないので両方を同じ壁に飾っただけ。結果的には正解だったかな」

「本当にいいです」

　佳乃さんがニコリとし、私は頷いた。

「ところで春恵ちゃんが今着ているベストはお母さんに編んでもらったの？」

「良く分かりますね。その通りです」

「ちょっと見せてもらってもいい？」

「ええ」

私はベストを脱いで佳乃さんに渡した。彼女はその両肩を持ち、上下左右をじっと見た後、切り込み式で付けたポケットの表と裏を見ている。

「お母さんはお上手ね」

「そうですか？　単なる趣味で続けているだけですよ」

「春恵ちゃん、そんなことを言っては駄目。お母さんに感謝しなさい。これは質の良いアルパカを使っているから、お店で買ったら相当高く付くわよ」

「本当ですか？」

「近頃のニット製品は殆どが機械編みなの。手編みと書いてあっても化学繊維と品質が悪いウールや混紡もあるし、値段が高いからと言って安心しては駄目よ」

「どうしてですか？」

「手編みって元々手間が掛かるものよね」

「母もずいぶんと時間を掛けていました」

「プロは毛糸を選ぶ時から目利きをしているの。色むらのない品質の良いものを使い、編み方を工夫するから値段が高くなるの。若い人は気にしないと思うけれど、例えばセーターの場合、身頃と袖をミシンで縫えば仕上がりが早くなるから、経費を節約することもできるの」

「初めて聞きました」

「特に毛糸の場合、着たり脱いだりする時、模様にしている色違いの毛糸が裏で手やボタンに引っ掛かることもあるじゃない。それも駄目。つまり模様に誤魔化されることもあるってこと」

「佳乃さんはまるでプロみたいですね」

「一応編み物教室に行っているからよ」

「週末に通っているんですか？」

「週末はお休みよ」

「じゃあ平日の夜通っているんですか？」

「昼間だけ」

「佳乃さんはいつお仕事をしているんですか？」

「先生なんだ！」

「生徒さんに編み物を教えるのがお仕事」

「まあその一人ね。そうは見えないでしょうが」

「だからあのミレーの絵を買われたんですね」

「ミレーが画家としての地位を確立させたのがあの絵なの」

私はやっと納得した。本棚に沢山の編み物の本があるのも、大きな姿見があるのも当然なのだ。

「じゃあその机が広いのは編み物に使われるからですか？」

「そう。今でもお得意さんから頼まれた急ぎのものを家で編むし、自分のものを教室で編むのは駄目でしょう」

「だからベストをていねいに見ていたんですね」

彼女が頷いた。

「母は本当に上手いんですか?」

「ベストはスカートを作るより時間が倍以上掛かるの。最後までていねいな仕事をされているわ」

「じゃあ佳乃さんはニットのワンピースとかツーピースなども作るんですね?」

「勿論よ。でも若い人向けのブティックでは売れないわ」

「どうしてですか?」

「値段が高くなるからよ」

「ちょっと聞いてもいいですか?」

「そのワンピースとかの値段です」

「何のこと?」

「そうね。最低でもこのくらいからかしら」

佳乃は右手の指を二本立てた。

私はびっくりした。

「じゃあ、母が作ってくれたこのベストも大切にするべきですね」

「そうよ。季節が終わったら必ずクリーニングに出して、虫除けを入れてきちんと保管しなければ駄目。このベストはまだクリーニングに出していないでしょう」

「当たりです。襟や脇も、勿論袖がないのでそのまま畳んで収納していただけです。その前に陰干しみたいなことはしていますが」

「こういうベストはいつまでも着られるわ」

「反省します。でも本当に驚きました。佳乃さんが編み物の先生だったことも、母の手編みに価値があったことも」

「手編みも実際に自分でやってみないと難しさが分からないわね。春恵ちゃんも結婚してから本格的に料理を作るようになったんでしょう？」

「ええ。大学の時最初の一年は料理学校に通ったことがあります。だから少しだけ基本を覚えました」

「でも実際にご主人のために朝ご飯や夕ご飯を作り始めたら苦労したでしょう」

「はい。母はレシピ本を見ないのに、同じ料理はいつも同じ味に作るんです。それが結婚当初は不思議でした」

「料理も編み物もそんなものよ。本気でやれば、どんな針や毛糸を使っても同じ幅のものができるようになるわ」

「そうでしょうね」

「子育てもそうかもしれないわね」

「……」

「あっ、ごめんね」

「いえ」

「これ、お返しするわ」

　私は佳乃さんがベストを畳んだのでそれをそのままソファーの左側に置いた。

「あら、春恵ちゃん。良いものは着ないと駄目。人に見せてこそ価値があるのだから」

「ちょっともったいないと思ったんですが、分かりました？」

「お母さんは喜んでいるはずよ」

「佳乃さん」

「何？」

「今着ていらっしゃるのも自分で作られたんですよね」

「そう。先月作ったの」

「素敵です。それ、紺色ですよね？」

「今風に言うとミッドナイト・ブルーにオフホワイト」

「シースルーみたいですね」

「だから少し長いキャミソールを下に着ているの」

佳乃さんは左脇から白いストラップを見せてくれた。

「ずいぶんと細かい仕事ですね」

「このくらいはしないと先生にならないのよ」

「本当に素敵です。涼しそうだし」


しばらくしてカルパッチョとチーズのつまみがなくなった。

「じゃあ、そろそろパスタを作るわね」

「お願いします」

「あっ、そうそう。春恵ちゃんが作ってくれたサラダと自家製ドレッシングを出してね。私はパスタを茹でるから」

「はい」

「その後で白ワインを開けて待っていてちょうだい。今日のパスタにはアサリを入れるから」

「はい」

立ち上がった佳乃さんの後を追い、私は台所へ行った。


私たちはパスタをほぼ食べ終わったが、赤ワインや白ワインはまだ瓶の半分くらい残っている。

「女二人だと、全部は飲めないわね」

「そうですね。ビールもいただいたし、私はもう飲めないかな」

「あら、若いのにもう終わりなの？」

「美味しいワインなのに残したらもったいないですね」

「じゃあ、春恵ちゃん。赤か白のどちらかを持って帰ってよ。料理にも使えるから」

「はい」

「どちらにする？」

「最初に飲んだからかもしれませんが、赤が美味しかったので、赤をいただきます」

「オッケー」

佳乃さんが赤の瓶にコルクを挿し込んだ。

「じゃあコーヒーにするけれど、お砂糖とミルクは？」

「私はブラックでいいです」

「ちょっと待っていてね。豆を挽いてくるから」
「はい」
その夜、二人だけのパーティは八時半頃まで続き、お開きになった。次回は八月に私が彼女を夕食に誘う。

七月六日

今日は日曜日なので特に予定はない。直ぐに着替えをし、窓の外を見ると、空は曇っている。テレビの天気予報によれば、昨日までの北風が収まり、今日は午後から雨になるらしい。梅雨明けは来週末になりそうだ。私はカレンダーを食卓に置き、昨夜のことを書き込み始めた。普通は昼食の後に午前中にしたことを、夜寝る前に午後からしたことを書くけれど、昨夜は興奮していたし、お酒を飲んでいたので、直ぐ風呂に入って寝た。

馬刺し、パスタ、ミレーの絵、編み物の先生と書き、野菜サラダを付け足した。佳乃さんには驚いた。彼女が着ていたワンピースが素敵だったので、同じものが欲しい。色は薄い黄色かオレンジ色、薄い空色も似合うような気がする。頼めば作ってくれるだろうが、相当値が張ることを覚悟しなければならない。銀行からお金を出せば買えるけれど、せっかく私たちの間の垣根が低くなったので、そんなことはしたくない。それでなくても彼女は仕事をしていて、私は仕事をしていない。

私はちょっと想像してみた。二人で同じようなワンピースを着て駅前を歩いたり、レストランに入ったりすれば、どんな感じだろうか。彼女と自分の顔立ちは違うけれど、本当の姉妹に見られるかもしれない。そう思うだけでドキドキしてくる。

なぜこんな気持ちになるんだろう。健吾がいた時、一時間も、いや三十分も続けて話をすることはなかった。でも平日なら夕方から朝まで、週末なら二日間一緒にいた。それぞれが居間と台所にいたとしても、振り返れば、彼が側にいるという安心感があった。久し振りに長話をしながら、私は佳乃さんに健吾の影を見ていたのかもしれない。

私は改めて自分の手を見た。手に職がないと、一人前の大人ではない。佳乃さんは言うまでもなく、隣近所のみんなとも対等になりたいなら、仕事をするしかない。新しい生活に慣れてきているので、ちょっと迷う。それが嫌なら、働く時間を八時間ではなく、アルバイトとして四時間か五時間にすることもできる。そうすれば生活リズムを保つことはできる。

私はベランダに出て、ペパーミントの葉を五枚摘んで戻った。ペパーミントティーの爽やかな香りを鼻と口で味わっても、気分はスッキリしない。

どうしよう。職を見つけたいなら、ハローワークへ行けば何とかなるだろうが、今日は日曜だ。そう思った時、私は二カ月に一度の旅行をしていないことを思い出した。

父は何の制約もない旅行に興味を失ったらしい。父の旅行とは観光地を巡ることで気分転換をし、英気を養ってから再度仕事に専念するためだった。父の気持ちは理解できるけれど、何の制約もない今だからこそ出掛けるべきではないだろうか。職探しを後回しにしても、明日と一カ月後で雇用条件が特に変わることはない。今日の予定が決まった。

私はカレンダーに、旅行計画と書き込んだ。何を着ていこうかな、と思ったら、再度佳乃さんが作ったワンピースが目に浮かぶ。私は母におねだりをすることにした。母の腕に間違いがないことは佳乃さんが証明してくれている。もう直ぐ梅雨が明けるので、袖なしで丈が短めのワンピースが欲しいけれど、急かすわけにはいかない。秋物のカーデガンなら大丈夫だ。母に甘えれば、母も喜ぶだろうし、一石二鳥になる。

私は母に電話を掛けることにした。

「お母さん。元気？」

「朝早くからどうかしたの？」

「昨夜佳乃さんにお呼ばれしてご飯を食べたのよ。ご飯と言ってもパスタだったけれど」

「あら良かったわね」

「少し前になるけれど、お母さんがベストを編んでくれたじゃない。覚えている？」

「勿論よ。空色で縁をかがったベストでしょう」

「昨日は涼しかったから、Tシャツとショート・パンツにあのベストを着ていったの。そうしたら佳乃さんが何て言ったと思う？」

「もう暑いでしょう、かな」

「そうじゃないの。上手だし、良い毛糸を使っているって」

「まあ何十年もやっているからよ」

「それも違うの」

「どういう意味？」

「佳乃さんは編み物の先生なのよ」

「あら恥ずかしいわ、あんなものを見せちゃって」

「佳乃さんはポケットの裏まで見て本当に上手だと言ったのよ。お店に出したら高いものだから、大切に使いなさいって」

「本当だったら嬉しいけれど」

「嘘じゃないわよ」

それから私は母に彼女が着ていたレースのワンピースに触れ、秋口でいいからカーデガンを編んで欲しいとおねだりをした。母は二つ返事で請け負ってくれた。父は相変わらず家庭菜園で忙しいらしい。

「じゃあ、お父さんにも宜しくね」

「分かったわ」

私は電話を切った。母の声が弾んでいたのが分かり、少しは親孝行をしたと思った。


私はパソコンの前に座った。旅行計画だから、行きたい場所を決めれば、交通手段が決まる。しかし本来の目的を先ず決めるべきだろう。

目的は観光か、美味しいものを食べるか、遊ぶかの三つに一つだ。

観光と言えば、名所旧跡か、今なら歴史遺産となっている場所を訪れることになる。健吾と一緒に行ったのは、遠くは沖縄と八丈島、近場では伊豆半島一周と山梨のワイナリーくらいだ。伊豆と山梨はレンタカーで回った。車は動きやすいけれど、自分で運転するのは神経が疲れる。しかも自分で運転したのは、もう十年以上前になる。レンタカーは論外だ。

他には健吾の実家へ行った時、近くの偕楽園へ足を伸ばしたこともある。同じ雰囲気の公園が石川県や香川県にもあるが、広い場所を一人で歩くなんて想像したくはない。

群馬県の富岡製紙場にも興味はある。そういう施設を見学するのなら、専属のガイドが同行するパックの旅行に参加した方が楽だろう。でも他人と一緒に行動するのは面倒だ。

美味しいものを食べるとすれば良いと思い、私は〝七月のグルメ旅〟とインターネットに打ち込んでみた。沢山の項目が画面に現れる。更に、鮎の塩焼きで検索すると、岐阜の長良川や高知の四万十川が出てきた。梅雨明けはまだにしても、これからは暑くなるばかりなので、涼しい北海道まで足を伸ばしたくもなる。北寄貝や帆立やタラバ蟹も美味しそうだが、私は迷った。駅前のデパ地下へ行けば上等の肉や蟹などを買うことができる。

最後に残ったのは遊びだ。健吾とはディズニーランドに五回行っている。富士急ハイランドも考えたが、あんな場所は独りで行くものではない。

いっそのこと、少し上品な遊び、例えばガラス細工や陶磁器を自分で作るのはどうだろう。検索してみると、サンドブラストで作るカクテル・グラスや粘土を使う抹茶茶碗は面白そうだが、失敗作をただ笑って眺めるだけになるような気もする。

他に遊びらしいものを思い付かない。男なら飲む、打つ、買うで羽を伸ばすだろうが、女として飲むのと買うのは論外だ。競輪・競艇・競馬は首都圏でもできるので旅行をする必要はない。それに赤ペンを持つ自分の姿なんて想像したくない。

私は旅行をするというだけでこれ程悩むとは思わなかった。女の一人旅にも少し引っ掛かっている。それなら母とあるいは両親と出掛けることもできる。しかし自立性がなくなるので、美味しいものを食べるためだけの旅行にした。

七月十日

私は前日何度か書き直した挨拶文を十枚ばかりプリントし、自分の名前を書いた。それを封筒に入れ、デパートへ向かった。会葬お礼の品を選び、武志を含め、お世話になった人たちへ発送した。

七月十七日

今日は待ちに待った旅行の日だ。私はすぐ居間に入り、少し大き目のバッグの中身を点検し始めた。バッグには先日買った北海道の旅行ガイドと昨日買ってきた文庫本、ジョギング用のＴシャツとショート・パンツとタイツとシューズが入っている。化粧道具と着替えの服も入っている。財布の中を調べ、新幹線や特急電車の切符が入っていることも確かめた。

六時四十五分。私はガス栓とテレビや電気のスイッチと窓の鍵などを確認し、家を出た。朝食はＪＲ横浜駅の売店で駅弁を買う。

私はバスで横浜駅へ向かった。

八時二十分、東北新幹線はやぶさは定刻通りに東京駅を出発した。私の席は二人掛けの窓側だが、運良く、隣に乗客はいない。早速お弁当の包みを開いた。蓋を取った瞬間、海苔の香りが鼻を突く。今日はジョギングをしていないのに、もうお腹がぺこぺこだ。（注　北海道新幹線開業前の時刻表に基づいている）

上野でも、大宮でも隣の席に人は来なかった。車窓からは関東平野が見える。京都育ちの私は、常磐線に乗った時と同じようにその広さに目を奪われる。いつもなら台所のテレビかパソコン画面を見ているだけで、時間を意識しない。今の自分は席に座ったまま時速二百七十キロメートル以上で未知の土地に向かっている。やっと旅行しているという気分になった。

健吾は亡くなる三週間前、突然名古屋へ行こうと言い出した。三連休が始まる前の木曜日の夜だった。仕事がずっと忙しく、ひょっとしたら金曜日にも出勤するかもしれないと言っていたので、私たちには予定がなかった。

「どうして名古屋なの？」

「味噌カツと鶏の手羽先を食べたいんだ」

ディズニーランドが混むのは分かり切っている。それで思い付いたようだった。

翌朝、私たちは朝食を抜き、新横浜駅から下りの新幹線に乗り込んだ。

あの時の話題の一つは結婚十周年のことだった。健吾は半年先の十月十日を挟み、四泊五日でもう一度ハワイへ行きたがった。新婚旅行の時はレンタカーを借り、オアフ島を一周した。水戸で育った彼は、茨城ほど広くはないけれど、ゆったりとドライブできるハワイが気に入っていた。ノースショアで又生のココナッツ・ジュースを飲みたいと言っていた。

もう一つ話したのは、八月一日が命日になる義父の七回忌のことだった。異例かもしれないが、お盆の十四日に法要を済まし、十五日には私に袋田の滝を見せたいと言った。高さがあり勇壮なのは日光の華厳の滝や和歌山の那智の滝だが、袋田の滝は幅が広く、流水が白い絹のカーテンのように見えると言う。彼は茨城県随一の名所だと自慢をしていた。

名古屋に着いた私たちは、味噌カツを遅い朝食と早めの昼食にした。名古屋城を見学した後、鶏手羽を食べ、ビジネスホテルに一泊した。翌日は電車で掛川まで戻り、イチゴ農園でお腹を一杯にして帰って来た。他には何もしなかった。それでもバタバタと動いたことが楽しかった。

今、健吾が隣にいれば、仙台への到着は十時頃なのに、牛タン弁当を買うと言い、新青森駅で海鮮丼を買い、二人で分けて食べようと言うだろう。今の私にそんな楽しみはない。

私は棚に置いたバッグから文庫本を出した。この本は三十万部以上も売れている推理小説だ。トンネルが多くなり、車窓からの景色が速く動き過ぎるので、しばらく読書をすることにした。

「まもなく新青森駅に到着します」

とアナウンスがあり、私は目を覚ました。私は急いでバッグを網棚から降ろし、特急電車への乗り換えに備えた。テーブルに置いた本を開くと、もう半分くらい読んでいる。二ページ程元に戻って流し読みをし、やっと物語の流れを思い出した。金融関係の専門用語が沢山出始めたところで、私は目を閉じたようだ。

十七時三十六分、特急電車は札幌駅へ着いた。私が予約したホテルは地下鉄すすきの駅の側にある。私はあえてタクシーに乗った。車中では座っていただけだが、長旅の疲れを感じていたし、見知らぬ土地で人混みの中を動き回りたくなかったからだ。

タクシーを降りたら、十五階建てのホテルはインターネットで検索した時よりも大きくて立派だ。レンガ色の壁に重厚感がある。料金よりはお得感もある。私は元気を取り戻し、フロントへ行った。

チェックインを済ませ、荷物を部屋に置いた私は、北海道の旅行ガイドを持ち、まだ明るい街へ出た。横浜より空気が乾いているし、空が澄み切っている。ガイドブックに書いてあった有名な和食の店は大通りを渡ったところにある。横断歩道を歩き始めたが、道路幅が広い。信号が変わるまでに渡ろうと、やや小走りになった。

その店に入ると、先ず何人様でしょうかと聞かれた。私は一人なので大部屋に通された。中の雰囲気は悪くない。まだ木曜日だからか、八つあるテーブルの半数は空いている。注文を取りに来た仲居にお店のお薦めを聞き、蟹尽くしを頼んだ。仲居に、〝お一人で食べられるかしら〟と言われ、〝頑張ります〟と笑顔で答えた。飲み物はサッポロビールの生を二つ頼んだ。仲居はやや怪訝な顔付きをして去った。

生ビールと北寄貝の付き出しが届くと、私は仲居が去るのを待ち、二つのジョッキを両手に持ち、カチンと合わせた。健吾との乾杯だ。その一方を自分の席の反対側に置いた。

店に入るまで、私は乾杯の真似事をしようなどとは考えていなかった。しかし座敷に入り、四人掛けのテーブルに座ると、一人だけ取り残された気分になったからだ。

しばらくすると仲居が蟹のお刺身や酢の物を持ってきた。

「やっぱり現地で飲むとビールが美味しいですね」

「ありがとうございます」

この時仲居は二つ目のジョッキがテーブルの反対側に置かれているのを見たが、何も言わなかった。彼女が去ってから健吾のジョッキを手元に寄せた。

一杯目をほぼ飲んだ頃、仲居がコンロと鍋を持ってきた。蟹のしゃぶしゃぶだ。

「鍋はもう温めてあります。すぐ沸騰しますから、蟹をさっとお湯にくぐらせてください。白っぽくなり掛けた時が食べ頃です。透明なところがあっても大丈夫です」

「分かりました」

「この後が焼き蟹になりますが、最後はしゃぶしゃぶの出汁を使って蟹雑炊を作ります」

「全部食べられるかしら」

「美味しいですから大丈夫ですよ」

テーブルに着いた時、〝一人で食べられるかしら〟と言った仲居が今度は〝大丈夫〟だと言う。妙な感じがしたが、今の私は運動をしているので多分食べられるだろう。

次に来たのは蟹と火鉢だ。生の蟹を網の上で焼いて食べるのも初めてだ。健吾は北海道に出張していないので、こんなに贅を尽くした料理は食べていないはずだ。一緒に食べることができればと思いつつ、私は蟹を堪能した。しかし、料理を全部食べることはできなかった。


店を出た私は腹こなしのつもりで歩き始めた。賑やかな街なので、歩道には沢山の人がいる。二人連れは勿論、四、五人の仲間同士がそこここでたむろしている。空を見上げると、日の入り直後の薄明かりの中に星が光っている。金星なのだろうか。

「邪魔だよ！」

私は突然肩を小突かれ、よろけながらも、

「済みません」

と、離れていく二人組の若い男に謝った。歩道とは言え、そこで立ち止まっていたのが間違いだった。健吾が側にいればと思う。彼は背が高いので、あんな失礼な態度を取られることはなかっただろう。これからも女一人ならこんなことがあるかもしれない。とは言え、人通りが多いところで良かった。

私はもう少し繁華街を歩き回るつもりだったが、気を削《そ》がれたのでホテルへ戻ることにした。でも一泊二日なのでもう少し夜を楽しみたい。

私はロビーの掲示板を見て、最上階のバーへ行こうと思った。札幌の夜景を見たかった。誰にも干渉されずにカクテルを一杯か二杯くらいは飲めそうだが、ちょっと勇気が出ない。それに女一人でお酒を飲んでいたら、バーテンダーや客に誤解されるような気もする。

私はバーを諦め、地下のティー・ラウンジで、紅茶を飲み、チーズケーキを食べることにした。十勝の牛乳とチーズ使用と書いてある。

七月十八日

六時に目覚まし時計が鳴った。私は直ぐ着替えをし、部屋の中でラジオ体操を済ませた。

さあこれからジョギングだ。走るコースはガイドブックの地図を眺めて決めている。このジョギング自体が旅行の楽しみにもなっている。それが今風の女の嗜《たしな》みだとも勝手に考えている。ちょっと誇らしい。

私はホテル前の大通りを右へ川が見えるまで走った。そこから東橋まで川沿いを走り、函館本線の苗穂駅前まで行った。小さい駅舎だ。サッポロファクトリーの側を通ったが、ここは工場ではなく、多目的ホールのようだ。それから北海道庁を見て、札幌駅前大通りを南に走ってホテルまで戻った。距離に物足りなさを感じたので、ホテル南側を大きく一周した。脚力には少々自信を持ち初めているし、この時期の横浜と比べれば、清々しさが格別だ。北海道には梅雨がないと言われている。それに市内の中心部を走っても道路が広いので解放感がある。夏の札幌が羨ましくなった。

さて、これからどうしよう。予定していたのは、佳乃さんへのお土産に地ビールを買うことだ。ところがガイドブックでサッポロビールの工場などを探すと、恵庭に大きな工場があるけれど、そこまで行く時間はない。ガイドブックにも地ビールの文字は見当たらない。そこから少し北東にあるサッポロビール博物館ではビールの試飲ができると書いてあるが、開館は十時半だ。これからシャワーを浴び、朝食を済ませても、時間が余る。

いろいろと考えた末、私は九時頃ホテルを出ることにした。地下鉄で札幌駅へ行き、駅のロッカーにバッグを入れ、駅構内を見回った後、ビール博物館へ向かう。

ビール博物館ではビールの試飲ができたけれど、持ち帰り用のご当地ビールはなかった。私は内部見学を諦め、十一時過ぎに札幌駅へ戻ってきた。それから急いで蟹と帆立の詰め合わせを買った。明日の夕方には到着するとのことだった。私は海鮮丼を買い、定番のチョコレートと北海道産の赤と白ワインを一本ずつ買った。明日の夕方は佳乃さんと女子会をすることになっている。

十二時十三分、特急電車は札幌を発車した。

七月十九日

台所には佳乃さんが立っている。本来なら私が彼女をもてなす番だが、札幌から届いた発泡スチロールの箱を開けた私は直ぐ隣へ行き、彼女に泣き付いた。

「春恵ちゃん、買う時にどう調理するのか考えなかったの?」

「済みません。パッケージが綺麗だったし、お店の人が直ぐ食べられます、と言っていたので、出したらそのまま使えると思ったんです。蟹にも帆立にも殻が付いているなんて想像しませんでした」

「笑っちゃうわね。でも平気よ。亀の甲より年の功だからね」

「助かります」

そんな経緯があり、佳乃さんはエプロンをして台所に立ってくれた。

私もエプロンをしているが、役目はお皿を出すとかの雑用だ。従って女子会は台所ですることにし、流しに近い方に佳乃さんが座り、私はいつも健吾が座っていた椅子に腰掛ける。

調理が一段落した。と言っても、私が作ったのは父が送ってくれたミニトマトやキュウリなどのサラダだけだ。

私たちは佳乃さんが買ってきたサッポロの缶ビールで乾杯し、蟹と帆立のお刺身をいただいた。そして蟹のしゃぶしゃぶになったところでお土産に買った白ワインを開けた。蟹の太い身は食べ応えがある。次は焼き蟹と帆立のバター焼きになる。

「タラバガニってずいぶんと身が多いんですね」

「春恵ちゃんが大きいのを買ったからよ」

「商品を見た時、これだけだと少ないから、もう一肩買おうかと思ったんです。二人で食べてもこんなにお腹が一杯になるなんて、すごいですね」

「高かったでしょう」

「ええ。でももう二度と来ることはないと思って奮発しました」

「あら、私と二人で出掛けてもいいのよ」

「本当ですか。佳乃さんの都合が好い時にもう一度行きたいです。私が蟹尽くしを食べたお店も雰囲気が良かったし」

「春恵ちゃん。お仕事をするつもりはないの？」

「今回の旅行が終わったら真剣に考えようと思っていました。仕事を始めても一泊二日ならいつでも行けますよね」

「まだ健吾さんの新盆も済んでいないから、焦ることはないわ。今のうちに自由の身を楽しみなさい」

「私もそう考えて旅行を思い立ったんです」

「でも今回の旅行は寂しかったでしょう」

「結婚して以来、独りで遠くまで出掛けたことなんてまったくありません。しかも東京から北へは健吾の実家へしか行ったことがないので、新幹線の中でも彼のことが目に浮かびました」

「途中で涙を流したでしょう」

「いえ、そこまで感傷的にはなりませんでした。本当に孤独だなと実感したのは、夜ホテルの部屋に戻ってからです」

「ツインの部屋だったの？」

「初めからシングルを予約しています。部屋自体はそんなに広くはないけれど、ベッドに腰掛けたら、一人になったことを実感しました」

「普通は死に別れより生き別れの方が辛いと言うけれど、突然引き裂かれてまだ三カ月しか経っていないんだもの。彼のことを忘れられないのは当然よ。私の場合、離婚の時は相手のことをできるだけ早く忘れたいと思ったけれどね」

「佳乃さん、ちょっと聞いてもいいですか？」

「あら、私、口を滑らせちゃったかしら」

「この際だから聞かせてください。佳乃さんは結婚されていたんですか？」

「健吾さんのことを言い出したのは私だから、もう仕方がないわね。白状するわ」

「白状だなんてそんなつもりじゃないんですけれど」

「いいのよ。私は二十七の時香山という男と結婚したの。お腹に赤ちゃんがいたから」

「それってできちゃった結婚ですね」

「私もまだ若かったの」

「今は一人ですよね」

「三十の時に離婚したわ」

「ずいぶんと早かったんですね。じゃあ生まれた子供さんは自分で育てたんですか。このアパートでは見掛けなかったと思いますが」

「子供は聡史と言ってまだ二歳で可愛かったけれど、彼の両親に引き取らせたの。彼の顔を見たくなかったから、離婚を決心した直後にこのアパートに引っ越してきたわ。実家に泣きついて少し援助してもらったけれどね」

「実際に一緒に生活をしたのが二年くらいなら、まだ新婚の内じゃないですか」

「一旦嫌いになったら我慢できなくなるの。正式に離婚したのはその一年後」

「なぜ長引いたんですか。子供さんを引き取れと言われたからですか?」

「香山が離婚届に判を捺してくれなかったからなの。私が強気に出たら、未練たらたらで、両親まで連れてきて謝ったの。私は最初からあの両親とは合わないなと思っていたから、神経を逆撫でされたと思ったわ。親の前なのに、土下座して床に頭をすり付けたんだもの。それを見たら、何でこんな男と結婚したのかと思い、自分まで情けなくなっちゃった。何から何まで嫌になると、まだ二年だとか眼中になかったわ」

「それって浮気が原因ですか?」

「誰に聞いても一回の浮気くらいは大目に見るべきだと言われたわ。健吾さんはどうだったの？　十年間で一度もふらふらしなかったの？」

「多分浮気はしていないと思います。そんな素振りはなかったです。大きな喧嘩を何度かしています。でもそれは言葉の行き違いと言うか、お互いの誤解だったと思います。もう何が原因だったのかハッキリと覚えていません」

「そのくらいなら問題ないわ。私が許せなかったのは、彼が私の貯金まで使い込んで、キャバクラ通いをしていたからなの」

「キャバクラ！」

「怒り心頭に発すだったわ。あの頃は彼が好きだったから、彼の誕生日にネクタイとタイピンをプレゼントしようと思ったの。それで私の貯金通帳を出したら、何度か引き出され、総額が四十万円も減っていたの」

「自分では使っていなかったんですよね」

「手付かずよ。編み物の収入を細々と貯めていたのと、結婚した時に母がくれたお金を入れていただけだもの」

「でも彼が印鑑と通帳を窓口に持っていっても、近頃は出しにくいんじゃないですか？」

「それがね、普段は使わないのでキャッシュカードと一緒に入れていたの」

「暗証番号は？」

「私って忘れっぽいのよね。だから佐々木佳乃で、三三四四にしていたのよ。彼には内緒にしていたけれど、何かの拍子に口を滑らせたのかもしれない」

「佳乃さん、今私に暗証番号を言いましたよ」

「気にしない、気にしない。春恵ちゃんならお金のことで切羽詰まっても、ご両親に電話をすれば済むでしょう」

「ええ」

「話を戻すわね。私は香山が帰宅するのを待ち、玄関で、これは何よって、通帳を突き付けたの。彼の顔色がサッと変わって、しどろもどろなの。だからその場で彼の携帯電話を取り上げて、発信と着信履歴を見たわよ。それまでは彼の携帯がテーブルの上に置いてあっても、盗み見なんてしていないの。これは本当のことよ。そうしたら頻繁に遣り取りをしている苗字が五つあって、その一人に電話をしたら、〝こうちゃん。今日は来ないの〟って甘ったるい声を出すのよ。残りの四人もみんなキャバクラの女。私は聡史を育てながらも編み物を続けていたのよ。ひどいでしょう！」

「ごめんなさい、佳乃さん。私、そんなことは想像できません」

「私だってまったく想像していなかったわ。いつも酔っぱらって上機嫌で帰宅していたから、営業の仕事は大変なんだろうなという意識しかなかったの。子供が生まれてから夫婦生活が変わってきていたのは事実だけれど、私のお金を使って女遊びをするなんて絶対許せない」

「それはひどいです」

「彼がすべて白状したから、私はその場で彼の実家に電話を掛け、離婚します。聡史を引き取ってください、と言ったわよ」

「すごい決断力ですね」

「三日以内に子供を引き取りに来てください、アパートを見つけ次第、家を出ます、と二の矢も打っておいた」

「佳乃さんは聡史君を引き取るつもりはなかったんですか？」

「香山の仕打ちを考えたら、自分一人で苦労しようとは思わなかったわ。お腹を痛めた子だけれど、悔しさの方が大きくて、一刻も早くあのマンションを出たかった。実際、彼の両親が来たのは一週間後なの。向こうは時間を掛ければ、お互いが冷静になり、落ち着くと踏んでいたみたい。だから最初は謝って事を済ませようとしたのよ。でも私は四日後にもうこのアパートを見つけて契約していたでしょう。だからその場で聡史を両親に押し付け、家を出ちゃった」

「じゃあ聡史君はお祖父ちゃんとお祖母ちゃんに育てられたんですね」

「そうみたい」

「その後聡史君には会われたんですか？」

「あれからは一度もあの子に会っていないし、子育てを放棄した母親に会う資格はないわ」

「こう言うと失礼だし、私には子供がいないから分かりませんが、そんなふうに割り切れるものなんですか？」

「最初は私だって罪悪感で悩んだわ。聡史はもう歩き始めて、言葉を覚え始めていたから忘れられないわよ。でもね、一カ月、二カ月と時間が経つにつれ、自分中心の生活になっちゃうの。その生活が落ち着き始めると、あれが欲しいとか、これをしたいという欲も出てくるの。そうしたら自分が可愛くなってしまい、あの子のことは次第に意識しなくなったわ。春恵ちゃんは冷たいと思うでしょうが、それが私の現実だった」

　佳乃さんが、「フッ」とため息を吐き、私も大きなため息を吐いた。

「世の中って綺麗ごとでは済まないんですね。生意気なことを言ってごめんなさい」

「気にしないで。私もこの歳だから冷静に受け応えができるようになったってこと。それに結婚に失敗したからって、それを自分が一生背負う十字架なんて思うべきじゃないわ。そんなことばかり考えていたら、生活できないもの」

「佳乃さんは強いですね」

「強いとか弱いじゃないわよ。自分の人生なんだから精一杯楽しみたいの」

佳乃さんは涼しい目をしている。実に頼もしい。

「編み物の仕事は同じところでできたんですよね？」

「香山と一緒に住んでいたマンションとはできるだけ離れたかったけれど、仕事は辞められないから、教室を挟んでマンションとは反対側になるここを見つけたの。通勤時間はちょっと長くなっただけ」

「良かったですね」

「そう言えば不思議なことがあったわ。あのマンションを出てから半年くらい経った頃だと思う。教室を出る前から何となくぼんやりとしていたみたいで、気が付いたらマンションの入り口まで来ていたのよ」

「聡史君のことが気になっていたからですね」

「その時私は馬鹿なことはしないぞ、って自分に言い聞かせたの。でもどうしているのかなと思い、五百二号室の窓を見上げたら、夜なのに電気が点いていないの。おかしいなと思って玄関の郵便受けを見たら、違う人が住んでいた」

「彼も引っ越していたんですね」

「彼は見栄っ張りなのよ。子供を置いたまま私に逃げられたことは直ぐマンション中に知れ渡ったはず」

「どうしてですか？」

「私が荷物を纏めて出る時、両隣の奥さんに、理由を告げて挨拶をしておいたから」

「じゃあ恥ずかしくなって引っ越したんですね」

「実家は電車で一時間くらいのところにあるから、最初はそこへ行ったんでしょう。会社へも通えるし」

「それなら両親はマンションへもよく顔を出されたんでしょう」

「初孫だったから、紙おむつや玩具を持って頻繁に来たわよ。そうするとうちでご飯を食べることになるでしょう。洗い物なんて誰も手伝ってくれないし、私が忙しいだけ。彼の実家に行っても、私は座ったままのほほんとはしていられなかったし」

「そうですか。私の場合、健吾の父も母も数年前に亡くなっていますが、お元気だった頃、お盆やお正月に伺っても、余り苦労をしたとは言えないです。法要の時でさえ親戚の方の出入りが多く、私はずっとお客さん扱いでした」

「健吾さんは水戸だったわね」

「はい」

「都会と比べ、あちらだとまだ人情があるし、和気藹々なのかもしれないわね。あの弟さん夫婦も私たちにていねいに挨拶をしてくださって、感じが良かったわよ」

「ええ。四十九日のお斎《とき》をいただいた時も、最初は緊張したけれど、後は楽でした」

　佳乃さんが急に笑顔になった。

「ねえ、春恵ちゃん」

「はい」

「ちょっと聞きたいんだけれど」

「何ですか?」

「春恵ちゃんはまだ再婚なんて頭の中にないわよね？」

「勿論ありません」

「私が正式に離婚した時はまだ三十だったでしょう。あなたより若かったけれど、幸か不幸か、そのままこの歳になっちゃった。だから聞きたかったの」

「佳乃さんには良い人がいなかったんですか？」

「いなくはなかったけれど、もう一歩踏み出せなかったわ」

「じゃあ真剣に考えたことはあるんですね」

「相手も独身だったから、どうしようかな、と何度か考えたわ」

「彼から話は出なかったんですか？」

「彼は結婚しようと言ってくれたわよ。でも結納を交わして、結婚式や披露宴をする気になれなかったわ。再婚なのに仰々しくしたくないと思ったから」

「彼も同じ考えだったんですか？」

「彼は初婚だったからきちんと手順を踏みたかったみたい。本当ことを言うと、自分の生活を守りたかったのだと思う」

「じゃあ、彼とは一週間とか二週間に一度会うだけで良かったんですか？」

「仕事が忙しいとストレスが溜まるから、彼に会いたくなるの。これは分かるわよね。でも仕事が落ち着いて精神的に余裕ができると、アパートに帰っても寂しくないのよ。私って自己中心的よね」

「その気持ちは私にも分かります。去年から健吾の出張が多くなっていたので、結構自分の時間を楽しむようになりました」

「手を伸ばせば届くところにいなくても、電話やメールをすれば彼に直ぐ会えたから、決心できなかったのかもしれない」

「彼は佳乃さんが仕事を続けるのに反対していたんですか？」

「反対はしていなかったけれど、子供は欲しかったみたい。でも私には子育て放棄の前科があるでしょう。中々素直になれなかった」

「それが現実かもしれませんね」

　私はついぽつりと答えた。

「あら、ご免なさい。春恵ちゃんのところはできなかったのに、嫌なことを思い出させたわね」

「いえ、いいんです。実を言うと、私たち、完全に諦めてはいなかったんです」

「どういうこと？」

「今は精子が少なくても何とかできる場合があるんです」

「不妊治療ね」

「今年の春には病院に行って話を進めるつもりでした」

「結婚しているんだから、生理のたびに母性を意識してしまうわよ。それが普通だもの」

「彼とは別れたんですか？」

「五年くらい付き合って、何となく別れちゃった」

「再婚って難しいんですね」

「彼を支えようと思わなかった私がいけないの。でもね、春恵ちゃん」

「はい」

「最近はよく思うのよ。よく聞いて。今直ぐじゃないの、もう少し後でもいいけれど、結婚したいなって」

「本当ですか！」

「ただし条件があるの」

「条件？」

「このアパートより広いところへ住まわせてくれ、今の仕事を続けさせてくれ、私より少なくても五つくらい若い男が求婚してくれれば、ってこと」

「二人で住むならもう少しゆったりとしていた方がいいですよね。それに誰かが側にいないと寂しいです。二カ月前、京都の実家へ戻った時、私もそう思いました。若い相手というのはその人に先立たれないという意味ですか？」

「いくら相手に遺産があっても、又独りになるなら再婚する意味なんてないわ」

「佳乃さんはまだ若いじゃないですか。バリバリ仕事をしているのに、そんなことまで考えるなんて、私にはちょっとショックです」

「これって春恵ちゃんが原因を作ったのよ」

「どういうことですか？」

「あなたとよく話をするようになったからよ。以前は独りでいることに慣れていたわ。今はこうして隣同士でご飯を食べたりするじゃない。土日に限らないけれど、春恵ちゃんは今何をしているのかなと思うこともあるし」

「私も同じです。誰か話をできる人が欲しいです」

「だから私も再婚したいと思うわけ」

「でも世の中、何が降り懸かるか分からないですよね」

「そうか。そうなのよね」

「はい」

「春恵ちゃんは事故が起こることも恐れているんだ」

「交通事故に限らず、事故っていつどこで起こるか分からないでしょう。運が悪いと、同じようなことがあるかもしれません。それはともかく突然相手がパッといなくなるのはもう嫌です」

「自分にまったく責任がないところで人生を左右させられたら堪らないわよね」

「私の記憶にあるのは、出張に出掛けた朝の健吾なんです。いつものようにニコリとして手を振って出て行った彼なんです。二日後に、目を閉じ、冷たくなっている彼を見せられても、違うとしか言えません。病気なら、仮に治療が手遅れでも、私は彼の側にいて、精一杯看病ができるじゃないですか。健吾が何かつぶやいたら、返事をすることもできたのに、彼の手を握ることもなく、最期を看取ることもできなかった」

佳乃さんは黙ったまま二度、三度と頷いている。私はハッとした。

「ご免なさい。ちょっと感情的になってしまいました」

「いいのよ。私が変な話を始めたのだけれど、この際だから、悔しいことを全部言ってもいいわよ」

「悔しいと言えば、分からないことが一つあるんです」

「何よ？」

「健吾って私の夢の中に出て来てくれないんです。それが何となく淋しいし、私の愛情が足りないのかなと思ったりもするんです」

「あら、そんなこと気にする必要はないわ」

「どうしてですか？」

「あのね、家にいれば、春恵ちゃんが健吾さんのことを忘れることはないでしょう」

「はい」

「つまりいつも一緒ってこと。それに彼が夢に出てきたら、春恵ちゃんはどうするの？　夢の中でも目が覚めた後も泣くはずよ」

「はい」

「健吾さんは春恵ちゃんを泣かせたくないの」

私の頬が緩んでくる。佳乃さんは姉のようだ。

「そうですよね。彼ならそうだと思います」

「ご馳走さま」

そう言った後、佳乃さんが右手を上げ、人差し指と中指を交差させた。

「何ですか、それは？」

「西洋では、良いことが起こるようにと願うまじないらしいわ」

「これでいいんですか？」

「そんな感じ」

「佳乃さん、これからも宜しくお願いします」

私は素直に頭を下げた。

「私もお願いね。ただし、新しい彼ができてこのアパートを引っ越すまでよ」

「もう佳乃さんたら、ひどい」

「じゃあ、もう一度乾杯をして、後片付けをしましょうか」
「はい」
こうして女子会は終わった。

八月一日

昼前、実家から少し重い荷物が届いた。表には野菜と書いてある。台所で開けると、ビニール袋にニットが入っている。袋を持ち上げたら、下にサテンのキャミソールもある。私が頼んだのはカーデガンだ。もしかしてと思い、私は袋の中身を出した。ワンピースだ！　私はそれを持ち、洗面所へ駆け込んだ。

ブラウスとスカートを脱ぎ、キャミソールとワンピースを着た。色はライトブルーで丈は膝下まで。腰が少し絞ってあるので、体の線がスッキリ出て優しい感じになっている。軽くて着心地も好い。

私は小躍りしながら台所に戻った。野菜は大きな袋に分けて入れてある。青紫蘇の葉とオクラとミニトマトが一袋ずつ、ガーデンレタスが二袋、キュウリが五本、ゴーヤが三本ある。保冷剤はもう柔らかくなっているけれど、まだ冷たさがある。箱の底に母からの手紙があり、一行だけ、カーデガンは秋口に送ります、と書いてある。キャミソールまで買ってくれる心遣いが母らしい。私は早速母に電話をした。そしてお昼ご飯は刻んだオクラと缶詰のツナのサンドイッチにした。リコピン、リコピンと言いながらミニトマト五つ食べた。

八月二日

今日は土曜日なので、さっきから佳乃さんがベランダに出ている音が聞こえている。私は九時になるのを待ち、ミニトマトやキュウリを持ち、母の作品を着てチャイムを鳴らした。

「あら、素敵。お母さんのお手製ね」

「そうなんです。昨日届きました」

「鹿の子編みで軽やかね。お母さんは本当にお上手」

そう言いながらも、彼女はワンピースの上から下へ、右から左へと目を走らせている。

「この前佳乃さんに褒めてもらったことを伝えたら、母は恥ずかしいと言っていましたが、嬉しそうでした。それで母におねだりしたんです」

「うちの生徒さんにもここまでできる人はいないわ。編みがていねいだから体にフィットしているし、抑えた色使いもお上手よ」

「ありがとうございます。母が又喜びます」

佳乃さんは尚も編み目を細かく見ていた。私が、

「じゃあ又」

と言ったら、

「今時間はあるの？」

と聞いた。

「はい」

私たちはお茶をすることにした。台所に入ると、冷房が心地好い。

佳乃さんはしばらくの間、編み物の話をしてくれた。良い素材を選び、手を掛けても、色合わせで失敗する生徒さんも多いらしい。自分好みの色で特徴を出そうとすると、出来上がりは目立つけれど、何度も着て出掛けられなくなるそうだ。だから最初は無地で柄を工夫する方が無難らしい。

コーヒーを飲み終えた佳乃さんが突然次の土曜日に海へ行きましょうか、と言い出した。私のワンピースをお披露目するためだ。最初はそこまで大袈裟にしなくてもいいと思った。でも彼女は、海岸で写真を撮り、母に送りなさいと言う。

横浜から海へ行くと言えば、鎌倉の材木座、逗子海岸、三浦海岸がある。電車だと一時間くらいかかる。

「ついでだから一泊二日の旅行にしない？」

「いいですね。行きたいです」

私は彼女が作ったワンピースを見た時、自分も同じような服を着て彼女と一緒に駅前を歩きたいと思った。それが実現する。

「下るなら大磯でもいいけれど、ちょっと近すぎるわね」

「九十九里まで足を伸ばしましょうか？」

「健吾さんは水戸だったのよね。春恵ちゃんは大洗へは行ったことがあるの？」

「あそこは海水浴で有名ですが、まだ行っていません。水戸からはそれ程離れてはいません」

それで場所は決まった。

「ねえ、お天気が好ければ、ちょっと海に入りましょうよ」

「水着になるんですか？」

「勿論よ」

「でも水着なんて古いのしかありません」

「私は持っていないわ」

「じゃあ買うんですか？」

「いくら私でもヌードは駄目よ」

私たちはお茶を切り上げ、デパートへ行くことにした。私は佳乃さんと一緒に買い物に出掛けることができるなんて思ってもいなかった。ワクワクしてきたが、水着を着てはしゃぐ年齢でもないかなとも思う。でも佳乃さんには迷いがない。彼女が勿体ないからと言い、私はワンピースを脱ぎ、Tシャツとショート・パンツに着替えて出た。

久し振りに水着売り場を覗いてみると、色、柄、形といろいろなものが展示されている。あれこれと水着を手にしていた時、

「これにしようかな?」

と佳乃さんが私に声を掛けた。振り向いたら、彼女が持っているのは、何と、チューブトップのビキニ。トップもボトムも黒で縁取られ、銀色のサラセン模様が際立っている。首からの紐と胸元の輪が強烈なアクセントになっている。私は圧倒された。彼女に負けてたまるかと、私もスカイブルーが光るチューブトップのビキニにした。彼女と同じメーカーの色違い商品だ。

その後私たちは同じ売り場でビーチサンダルとサングラスと帽子、それからボディ用の日焼け止めを購入した。

八月九日

私たちは鹿島臨海鉄道の大洗駅に着いた。サンビーチ海水浴場へは歩いて十五分程とのことだったが、バスが出ているのでそれを利用した。

鎌倉の材木座なら、付近の駐車場は満杯で、海の家が軒を並べ、砂浜も海も海水浴客で混雑している。湾曲している砂浜に立つと、海岸線に沿って国道百三十四号を走る車が視界に入るので、世俗の喧騒から解放された気分にはなりにくい。

ところが大洗は私の想像を遥かに超えていた。バスを降り、少し歩いただけで、目の前に遠浅の鹿島灘が限りなく広がっている。よく見ると、左右に突堤らしいものがあるけれど、砂浜が直線でずっと伸びている。夏休みの土曜日なので家族連れや若者たちがいるけれど、大空と水平線までの海とを独占しているような優越感と解放感に満たされる。

私たちは先ず海の家へ行った。

私がバッグを置き、中から水着などを出し始めたら、佳乃さんがスタスタと歩きだした。しかもキョロキョロと周囲を見渡している。私は彼女を追い掛けた。

「何か探しているんですか?」

「ちょっとそこに立って」

「もう写真を撮るんですか?」

「そうよ。今日のお出掛けはそのためでしょう。だから携帯を貸して」

私はバッグのところまで走って戻り、携帯を持ってきた。

佳乃さんが私から離れ、先ず海を背景にし、次に海の家を背にし、写真を撮った。

「春恵ちゃん。もっと笑って、何かポーズを決めてよ」

私は苦笑しながら、万歳をしたり、大海原の方を指差したりした。

次に私が彼女の写真を撮った。彼女はこの前のミッドナイト・ブルーのワンピースを着ている。私が頼んだからだ。彼女は気も若いし、洒落っ気もある。後ろ向きに首を傾げて私を見るポーズも取った。笑顔を見せながらワンピースの裾を膝上まで引き上げたりもした。通り掛かりの人に頼み、私たち二人の写真をお互いの携帯で数枚撮ってもらった。

その後海の家で水着に着替えた私たちはお互いの背中にクリームを塗り合った。露出面が多いので、チューブが見る間に細っていく。それからサングラスを掛け、砂浜に出て座った。空は天気予報通り快晴。湿度はそれ程高くない。

心地好いそよ風が肌を撫でていく。佳乃さんが大きく背伸びをし、そのまま砂に寝そべったのを見て、私も横になった。背中が熱い。

「見えるのは空だけね」

「アパートにいると、ベランダに出ても真上を見ることはないです」

「窓から見るのも空模様だけで、いつもと同じ街並みを眺めたりはしないわ。こうして大きな自然に触れると、心の中から不要なものが飛び出しているような気がするわ」

「体が軽くなるような感じです」

海の家からそれ程離れていない場所なので、三々五々、人が私たちの側を行き交う。

「私たち、結構目立っているみたいね」

「ええ、チラリ、チラリと見られています」

「あれはチラリとじゃなくて、ジロジロよ」

「あからさまな男の視線ですか」

「色っぽい柔肌ボディだから仕方がないわ」

「水着が派手だからですよ」

「あら、そっちの方なの。残念」

「佳乃さんには負けます」

「まあ、どっちを見られて悪い気はしないわ。そろそろ泳ぎましょうか」

彼女の掛け声で、私たちは海の家まで戻り、サングラスを置いた。そして柔軟体操をし、遠い波打ち際へ向かった。移動しながら佳乃さんは、昨日までの一週間、腕立て伏せや腹筋をしたことを告白した。さすがに年の功だし、意気込みが違う。でも体の節々がまだ痛いらしい。


ひと泳ぎして、私たちは上がってきた。そして水際に座った。

「昔取った杵柄《きねづか》は使い物にならないわね。息遣いまで忘れていたし」

「私は六年か七年振りかな。でもその時は単に浮いていただけです。佳乃さんが本当に泳ぐなんて想像していませんでした。しかもクロールなんだもの」

「私は高校の時太めだったから、プールは一石二鳥だったの。夏休みになると二日に一回は行っていたかな。女だてらにバタフライにも挑戦したわ」

「すごいんですね」

「違うのよ。あの頃は食べたい盛りでしょう。クロールのバタ足とバタフライのキックでお腹の脂肪を落とそうとしただけ。でも海に来ること自体もう二十年振り」

「こんなに清々しいとは思いませんでした」

「いい気持ち。息切れして疲れたけれど」

「はい」

私たちはしばらく座ったまま海を見つめていた。

真っ青な空の下、降り注ぐ太陽の光を照り返しながら、八重の波が寄せては引き、引いては寄せている。視線を再度遠くに移した時だった。大きな白波の上がピカッと光った。その瞬間、〝春恵！〟と健吾が呼んだ。小さな筒に入った声が突然飛んできたようだった。

「えっ？」

と私は声を出したら、もうその波は消えていた。私は立ち上がり、白波が立っていた方向を見詰めたが、何も見えないし、聞こえても来ない。そのままボーっとしていた。

「春恵ちゃん、フランスでは夏休暇を一カ月くらい取るって言うでしょう」

「バカンスですよね」

「フランス女性はバカンスのために中年を過ぎても運動をするんだって」

「水着になるからですか？」

「そう。肌を見せ、お腹の筋肉を見せ、シミ・ソバカスがあってもナイスボディで勝負するためなの」

「意気込みが違うんですね」

「旦那やカレシに惚れ直させるためよ。春恵ちゃんのスタイルを見ているとつくづく羨ましくなるわ」

「普通ですよ」

「お尻から脹脛《ふくらはぎ》までが精悍な感じ」

「ジョギングをしているから少しは引き締まったと思います」

「肌にも艶があるし」

「嫌だわ。そんなにジロジロ見ないでください」

私は視線を足下に移した。体の重みがあるので爪先から踵《かかと》までは砂の中に埋まっている。なぜか自分がしっかりと立っているのを感じる。二カ月間鍛えた足腰が自分を支えている。家にいても、買い物に出ても、こんなことを意識したことはない。

パンとお尻を叩いた私は走り出した。そしてもう一度海に入った。後から佳乃さんが追い付き、私たちは泳いだり、水を掛け合ったりした。

海の家へ向かって歩いていたら、

「若くて元気な体だわ。新しい出会いがあっても安心ね」

佳乃さんがニコリとして言った。

「まだフランス女性にはなれません」

私は苦笑いをして返事をしたが、心の隅に寂しさを覚えた。

その後私たちはシャワーを浴び、タクシーで民宿へ向かった。つい一週間前の予約だったので、この海水浴場からは少し離れたところにある。

民宿ではアンコウのどぶ汁や唐揚げなどを食べ、二人で盛り上がった。心地好い疲れもあり、私たちは九時過ぎに消灯した。

翌日、女将から冬場にもう一度来てくださいと言われて私たちは宿を出た。そして大洗の水族館を見学し、明太子や魚の干物などをお土産にし、横浜へ帰ってきた。

八月十四日

私は両親と共に再度茨城へ行き、義父の七回忌と健吾の新盆を済ませた。何事もなければ、彼の一周忌と三回忌まで私が喪服を着ることはない。

帰りの車中、父が又家庭菜園の話を始めた。蜂や蝶が来て受粉を助けてくれるけれど、虫の駆除と水遣りが忙しいとのことだった。今年は土に初めて肥料を入れたので、元気に芽を出す雑草からも目が離せないらしい。

「お父さんも本当に変わったわね。機械いじりをしていたとは言わないけれど、カメラから野菜なんて正反対の世界でしょう」

「カメラは部品を組み立てて作る。埃が入ったら駄目になる精密機械だ。その点、野菜は細胞分裂を重ね、日々育っていく。目の前で形や大きさが変化していくから、見ているだけで面白い。ミニトマトの実だって白っぽい黄緑からオレンジになり、赤くなっていく。完熟した実は何とも言えない程深みのある赤になる。しかも甘い」

「又送ってくれるのよね」

「明日の朝、ミニトマトとゴーヤとオクラを送る」

「キュウリは？」

「あれは今月初めで終わった」

「早いのね」

「詳しいことは分からないけれど、一つの苗からできるキュウリの本数は決まっているみたいだ」

「いくら土に栄養があっても、どんどん育ちはしないってこと？」

「来年は種蒔きを二度か三度ずらせて植えてみる」

「良い考えね。そうしたら私も助かるわ」

「お母さん。今年の夏は八百屋さんに行く回数が減ったでしょう」

「買い物の回数は変わらないけれど、冷蔵庫の野菜室が広くて見やすくなったわ」

「野菜を庭から取ってくるなんて最高じゃない」

「新鮮なものって歯触りが違うのよ。本当に嬉しい誤算」

「お父さん、誤算だって」

「仕方がないさ。僕だって実際手に取って食べるまで違いが分からなかったからな」

「困るのは蚊よ。庭に出ているちょっとの間に何匹も刺すのよ」

「蚊だって生活が懸かっているから仕方がないでしょう」

「お父さんみたいにズボンを穿いていればまだましだけれど、この綺麗な脚を狙うから嫌になるわ」

「ちょっと歳だけれどな」

「お父さんに言われたくはありません」

「しまった」

「じゃあお父さん、楽しみにしているわ。この前も佳乃さんにお裾分けをしたのよ。無農薬野菜なのですごく喜んでくれた」

「彼女は編み物の先生なんだってな」

「その先生が、お母さんが編んだベストとワンピースを見て、プロ級だと言っているの」

「お世辞じゃないのか?」

「佳乃さんは隅々まで見た上で、生徒さんの作品と比べているの」

「写真に写っていたブルーのワンピースは本当に素敵だったわ。デザインも腕のうちよ」

「そう言えば、あの大洗へ行って泊まった夜、又お母さんのことが話題になったの。佳乃さんは何と言ったと思う？」

「横浜で働いてくれだろう」

「そうじゃないけれど、私は驚いちゃったわ」

「分からないな」

「強敵が現れたから、私には作品を売れないって」

「本当か？」

「嘘じゃないわ」

「じゃあこの秋は僕もプロにセーターを編んでもらうかな」

「お父さん。お母さんの作品は佳乃さんと同じくらい高いのよ。お母さん、お父さんに材料費だけでも請求したら？」

「大丈夫。お財布を握っているのは私だから」

私たちはみんなで笑った。

その後私は東京駅で京都へ帰る両親を見送り、ＪＲ東海道線に乗り換えた。しばらくしたら、自分の今後のことが気になり始めた。佳乃さんとはこれからも長くお付き合いをさせて欲しい。このまま働かないと、いずれ彼女との間に溝ができるような気がする。彼女はそんなことを気にしないだろうが、彼女とは一対一の付き合いをしたい。

八月十八日

私はハローワークへ行った。初めての手続きに戸惑ったものの、相談員の手助けがあり、三社で面接を受けることを決めた。これで充分だと思ったけれど、相談員の勧めでもう二社の面接も決めた。五つとも事務系の仕事だ。気分的にはすべてがとんとん拍子に進むような気になる。

八月十九日

私は最初の面接を受けた。結果は郵送しますと言われた。翌日から私は残りの四社の面接を受けた。時間的に余裕があれば、採用通知が来た後で一番条件の良い会社を選ぶつもりでいた。ところが次から次へと受け取った通知は、〝残念ながら……〟という文面だった。

八月二十六日

最後の望みも絶たれた。せめて経理事務歴が二年ではなく、五年か七年もあれば、結果は異なったかもしれない。しかし健吾が本社に戻る時に結婚したので、京都で共稼ぎを続けることはできなかった。

八月二十七日

私はいつも通りジョギングに出掛けた。軽快に走っているつもりだったが、気が重かった。道路沿いの洗濯物などは目に入らない。ひたすら下を向いて走っていた。

帰り道、私はコンビニに寄った。このまま諦めるわけにはいかない。タクシー代用のお金で履歴書セットを二つ買った。

店を出る時、私は敷いてあったマットで躓《つまづ》いた。恥ずかしさから周囲を見たら、目の前の柱の横に就職情報誌が置いてある。しかも無料だ。コンビニはよく利用するけれど、今までは目に留まらなかった。ハローワークなら相談員が希望する会社に電話を掛けてくれる。その方が相手に信用されやすく、重みがあるかもしれないと思いつつ、私は二種類の情報誌を一冊ずつ持ち帰った。

シャワーと食事を済ませ、私はその一冊を開いた。目次を見ると、求人は地域別になっている。資格を必要とする職種の給料は高い。経験不要なのはコンビニ、居酒屋、レストランチェーンが多い。先週は事務職を探したので、電車やバスで通勤できる会社などを選んだ。もう正規の仕事を見つけるのは無理だと思い、アパートと同じ区内のページを開いた。

いろいろある。勤務終了が夜十時を回るところには行きたくない。次々とページを捲《めく》っていたら、スーパーの求人がある。自分が利用したことがあるスーパーの一つで店舗は相当大きい。ここが品出し業務担当者を募集している。しかも経験不問だ。

時計を見るとまだ八時二十分。私は急いで履歴書を書いた。そして九時になるのを待ち、スーパーに電話をした。面接はスーパーの二階にある事務所で午後三時に決まった。まだ安心できないけれど、捨てる神がいれば、拾う神がいるような気がしてくる。私はポロシャツと膝下までのスカートで出掛けることにした。

事務所に入ると、副店長が現れた。しばらく履歴書を読み、職務内容を説明し、

「どうですか。頑張ってみますか?」

と彼が聞いた。

「採用していただけるのでしょうか?」

「はい」

私は一瞬呆気に取られた。すでに五度も涙を呑んでいたからだ。

私が明くる日から働きたいと告げると、副店長は出勤簿とパート勤務時間を考慮し、午前九時からにしてくれた。服装については、きちんと洗濯したものであれば、上はTシャツ、ポロシャツなどで、下は膝下くらいのスカートかジーンズなどのパンツでいいとのことだ。ただし従業員は店のロゴが入った胸までのエプロンを付けることになっている。最後に香水は駄目です、と言われた。久し振りに付けた香りがきつかったようだ。

八月二十八日

私は八時半過ぎにスーパーへ行った。勤務は九時から三時半までの六時間。休憩が三十分。ただし一週間の労働時間が合計三十時間になっているので、私は火曜日と土曜日がお休みになる。

最初の二日間、私はほぼ立ちっぱなしの仕事でへとへとに疲れた。ジョギングを続けていなければ一日で音を上げたかもしれない。他の従業員への気配りでも神経を使った。レジが八台もある店なので各部署で働く人数は多い。早出と遅出の人がいる。常に先輩同僚の指示を仰ぎ、右も左も分からないまま、お客の側を通るときは、〝いらっしゃいませ〟と言い続けた。そんな中、唯一の救いはタイムカードがあることだ。午後三時半を過ぎれば、直ぐ次の人と交代した。ホッとしながら買い物をし、家に帰った。紅茶を飲み、しばらく台所に座ってから、夕食に取り掛かった。

私は意識を切り替え、前向きになったつもりだったが、現実は甘くなかった。周囲の視線も気にしていた。元の生活に戻りたくなったが、直ぐに辞めれば、小遣い稼ぎの女には勤まらない、と笑われるだろう。

八月三十日

初めての休みで土曜だ。私はラジオ体操とジョギングをした。体力だけでも付けておかないと、気力が持たない。その後は特に何もせず過ごした。一週間の予定を少し書き変えようかと思ったが、まだ迷いがある。佳乃さんに泣き付けば、頑張りなさいと言ってくれるだろう。そう言ってもらうのは、このパートを続ける決心をしてからでいい。そうでないと彼女と対等にはなれない。体操とジョギングはこういう展開に備えるためだったと思うと、少し気が楽になった。

八月三十一日

私はとにかく仕事を覚えるまでやろうと自分に言い聞かせながら職場に行った。

九月一日

明日はお休みだと思いつつ、私はスーパーへ行った。

昼食休憩中のことだ。私は総菜担当の人の隣に座った。一緒にいた三人が直ぐ立ち上がって出て行ったので、彼女に仕事のことをいろいろと聞いてみた。立ちっぱなしのつらさ、重いものを運ぶこと、並べられた商品を常に同じ向きに揃えることなどに触れ、気が抜けません、と言った。〝直ぐ慣れるわよ。それにやることは毎日同じだし〟と言われた。その後、〝早く慣れないと困ります。夫が亡くなっていますから〟と言った。それは単に場を持たせるだけの言葉だった。心情を吐露したのではない。

ところが、私のことは直ぐ周囲の人に伝わっていた。仕事が終わる頃には、やや険があるような雰囲気だった他の従業員の目が明らかに異なっている。休憩から三時間足らずしか経っていないにも拘らずだ。一人は、〝どう、頑張れそう？〟と通りすがりに囁いてくれた。〝後三十分で交代だからね〟と言いながら、肩を叩いてくれた人もいた。人間関係とは不思議なものだ。それだけのことなのに帰宅する私の足取りは軽かった。

九月二日

二度目の休日を迎えた朝、私はジョギングの後、実家に電話をした。母にパートを始めたことを伝え、仕事内容を簡単に説明した。母は職種については何も言わず、続けられそうなら良かったね、と喜んでくれた。電話口に出た父は、今のうちにいろいろな経験をしておけ、と言ってくれた。

その夜、佳乃さんに就職したことを告げると、

「春恵ちゃんもやる気になったわね」

と言いつつ、彼女は満面笑みとなって喜んでくれた。その場で次の土曜日がお祝いの女子会になった。

九月六日

私はスーパーで売っている馬刺しとボイル後冷凍したズワイガニを佳乃さんのところに持参した。二人で調理を分担し、台所で盛り上がった。彼女の私を見る目が優しくて私は本当に嬉しかった。私が又一緒に旅行をしたいと言ったら、彼女は半年後の三月を提案した。その頃までには私が完全に仕事を覚え、無給で日曜日に休みを取っても、それ程同僚の目を気にしなくてもいいからだ。行き先は札幌に決めた。佳乃さんは、

早く現地に行って本物が食べたいわね、と何度か言っていた。私はやっと肩の重荷を降ろしたような気がした。と同時に、彼女が本当に姉のようだという想いを強くした。

その夜、直ぐお風呂には入らず、私は一週間の予定表を少し書き変えた。

体操とジョギング	日曜、水曜、金曜
洗濯と掃除	火曜
買い物	月曜、木曜（スーパーで）
映画・寄席と外食	金曜夕方
ショッピング	月末の火曜
休日	火曜、土曜
服装	火曜の掃除後と土曜日はブラウスとスカート
美容室	月末の火曜
女子会	月初めか月末の土曜（場所は交替で）
旅行	三カ月に一度（月曜夕方出発、火曜夕方帰宅）、佳乃さんとは半年毎に二泊か三泊

パートを続けていれば、正社員への道が開かれることもあるらしい。しかし焦ることはないし、他の道が拓《ひら》けてくるかもしれない。なぜだか分からないけれど、私には妙な欲も出てきた。

十月二十四日

パートの仕事はほぼ二カ月が過ぎ、現場で戸惑うことは少なくなっている。今日は一日早く給与明細書をもらった。明日が土曜日だからだ。最初の給与は働いた日数が三日だけだったので戸惑ったくらいだった。でも今回は懐に温もりを感じて嬉しい。

スーパーでは水曜日から福島物産展を開催している。私はリンゴと共に二本松の大吟醸酒を買って帰った。もう五カ月前のことだが、実家で父と一緒に飲んだ福島の日本酒の美味しさを思い出したからだ。私は父に電話をし、醸造元の名前を尋ねた。しかし飲んだ三本の瓶はすでに処分されていたし、父の記憶も定かではなかった。あのお酒は家族三人の団欒に花を添えてくれたので、殊更美味しかったのかもしれない。それでも一週間ずらした十一月八日の女子会では佳乃さんに同じ福島のお酒を味わって欲しい。

十一月二日

パートを休んでいる私は家の玄関で、母に抱き付き、涙を流している。突然の悲報で母が駆け付けてくれたからだ。

二日前の十月三十一日、パートを済ませた私は映画を観に行くため、着替えをしていた。チャイムが鳴り、佳乃さんの声が聞こえた。

玄関を開けると、彼女はつらそうな顔をしている。体調が悪いので早退して来たとのことだった。一人では淋しいので、一緒にいて欲しいと言った。私はそのまま彼女を自分の寝室まで連れて行って寝かせた。頭を押さえて苦しそうだったので、私は意を決し、救急車を呼んだ。

病院まで彼女の手を握り、彼女の名前を呼び続けた。そして私は集中治療室の外で待った。しかし彼女が再び目を開けることはなかった。くも膜下出血だった。

その後アパート家主の立ち合いの下、私は彼女の部屋を探し、夜九時までやっている編み物教室に電話を掛けた。そして静岡にある彼女の実家へ連絡した。

翌日、佳乃さんの母親と兄とが遺体を引き取りに横浜へ来た。そしてアパートに寄り、私のところへも来て挨拶をしてくれた。私は健吾の葬儀の時以来、彼女にお世話になっていたこと、毎月女子会を開いていたことを彼らに伝え、お礼を言った。彼女の葬儀は内々でするとのことだった。

午後四時過ぎ、引っ越しなどの手配を済ませた二人は、再度私にお礼の挨拶をして帰って行った。私の手には佳乃さんが編んだミッドナイト・ブルーのワンピースなど数点がある。彼女と私が一緒に写っている写真が居間にあったこともあり、形見分けとして残してくれた。

私は台所に戻り、椅子に座ったまま、佳乃さんの作品をぼんやりと眺めていた。大洗での彼女の水着姿や女子会での彼女のエプロン姿が何度か浮かんでは消えた。しかしそんな思い出より強烈だったのは、救急車の中で苦しそうにしていた佳乃さんの顔だった……。

やがて薄暗くなっている周囲に気付き、私は蛍光灯を点けた。その明るさに包まれても台所の雰囲気は変わらない。もうこの悲しさと淋しさには堪えられない。

私は母に電話を掛けた。事情を聞いた母は、

「待っていなさいよ。明日朝一番に行くから」

と何度か言っていた。

十一月四日

ここ数日、亡霊のようだった私は、母のお陰でやっと気を取り直していた。母は私に京都へ戻ることを強く勧めていた。私もその気になっていた。九時過ぎ、父が電話を掛けてきた。母から大まかな事情をすでに知らされていながらも、私の言い分を聞いた父は、

「春恵、僕もお母さんが言うように戻って来て欲しい。その方が嬉しい。でもお世話になった佳乃さんとの思い出を置きざりにするのはどうかと思うんだ」

いつも会話が短い父は、その後母と少し話をして電話を切った。

私はもう一度考えた。私が立ち直る切っ掛けを作ってくれたのは佳乃さんだ。彼女が私と一緒に大洗で撮った写真を居間に飾っていたことを私は知らなかった。お茶も女子会も双方の台所でしていたからだ。健吾と私の写真は居間にある。私がこの横浜で再度立ち直れば、二人共安心してくれるだろう。

私はスーパーへ電話を掛けた。副店長に明日から出勤させて欲しいと伝えると、〝頼みますよ〟と言ってくれた。

「春恵ちゃん、本当に大丈夫？　無理をしなくてもいいのよ」

「大丈夫じゃないわよ。でもこれ以上スーパーに迷惑を掛けるわけにはいかないでしょう。私だって大人の女だもの」

「食欲だってまだないのに」

「今日から食べる」

その後私は不安そうな母を誘い、駅前へ買い物に出掛けた。父にいつも駅弁や焼売を食べさせたくないので、他のお土産を選ぶためだ。

十一月五日

早めに朝食を済ませ、私は母を新横浜駅まで見送り、そのままスーパーへ出掛けた。昨日買ったお菓子の箱を持っている。休憩室に置くためだ。

十一月七日

私は公園にいる。ジョギングを二回休んだので、体がやや重かった。水飲み場で水を飲み、大きく息を吸った。そしてベンチに腰掛けた。

晩秋の太陽が燦々と街並みを照らしている。しかし風は冷たい。

アパートにいる今の私は独りだ。でも両親がいるし、職場の同僚もいる。健吾と佳乃さんの分まで私が生き抜くことこそ、二人との出会いを大切にすることになると思う。洋三ちゃんにも長生きをしてもらいたい。

呼吸が整ったので、私は屈伸運動を始めた。仕事が待っている。

第三話　完

鯖江友朗（さばえ ともろう）

1952 年、島根県浜田市に生まれる
2012 年、定年退職
現在、神奈川県横浜市在住
趣味：酒、煙草、料理、月一の川崎競馬
他の著作
短編集『これってあり？』風詠社、 2012 年
短編集『これでいいの？』ブックウエイ、2013 年
短編集『これでもいいのかな？』ブックウエイ、2014 年
中編小説『海軍と父と母…絆としがらみ』ブックウエイ、2015 年
中編小説『これってオヤジのたわごと？』ブックウエイ、2016 年
短編集『これって終活？』ブックウエイ、2017 年
中編小説『漣の行方』ブックウェイ、2017 年

これってオンナのたわごと？

2019年２月４日発行

著　者　鯖江友朗
発行所　ブックウェイ
〒670-0933　姫路市平野町62
TEL.079（222）5372　FAX.079（244）1482
https://bookway.jp
印刷所　小野高速印刷株式会社

ISBN978-4-86584-380-4